Orange - Future

Out of Order

ein Science Fiction Roman von

Dieter Weiss

Vorwort

Diesen Science Fiction Roman schreibe ich nun Ende 2019. Er spielt in einer nahen Zukunft und fast alle Personen die in diesem Buch vorkommen, gibt es wirklich. Diese Personen, die meisten davon sind meine Freunde, gaben mir freundlicherweise ihr ok. So fiel es mir leichter die Hauptdarsteller zu beschreiben. Ich musste sie nicht erfinden, ich kenne sie ja. Und so sind sie auch den in meinem Roman vorkommenden Personen real zugeordnet. Na ja, vieles zumindest. An dieser Stelle möchte ich mich noch ganz herzlich bei all meinen Freunden bedanken, die bei der Gestaltung meines Romans mitgewirkt haben. Danke.

Es ist so ein Science Fiction Roman entstanden, der durch eine schon fast familiäre Atmosphäre und der Nähe zu unserer Heimatregion Frankfurt am Main best📍icht.

Es begann an einem sonnigen Septembermorgen in Frankfurt am Main.

Wir waren acht Männer und machten uns gerade auf um nach Südfrankreich zu fahren. Eigens für diese Tour hatten wir uns ein großes Oldtimer-Reisemobil gekauft und waren voller freudiger Erwartung. Mit super Laune verabschiedeten wir uns winkend von unseren Frauen.
Zwei Jahre hatten wir auf diese Reise in unsere Schachclubkasse eingezahlt. Zwei Wochen sollte sie dauern. Eigentlich. Wir wussten ja nicht, was uns bevorstand. Aber erst einmal will ich uns vorstellen.

Wir sind sechs Männer zwischen 35 und 45 Jahren und treffen uns immer einmal die Woche zum Schachspielen. Da ist zum ersten Alfred, den wir alle Don Alfredo nennen, da er mexikanische Wurzeln hat. Don Alfredo ist Computerfachmann, trägt lässig seinen Pferdeschwanz und hat eine Nonchalance wie George Clooney. Als zweiten haben wir einen Abenteurer namens Stefan. Stefan ist der Jüngste mit 35 und jedem Abenteuer zugetan, von Beruf Werbetechniker, macht Bodybuilding und provoziert für sein Leben gerne jeden und alles, was sich bewegt. Der dritte im Bunde ist unser Michael, von Beruf Maschinenbauingenieur. Michael ist ein Bulle von einem Mann und hat ein Gemüt wie Mahatma Gandhi. Der vierte ist Günther, genannt Bazi, weil er aus Bayern kommt und sich in allen Lebenslagen durch seine bayrisch-rustikale Art auszeichnet. Der fünfte ist unser Ralfiebaby, wie er zu dem Spitznamen gekommen ist, weiß leider keiner mehr so genau. Ralfiebaby ist ein dünner, drahtiger Schlacks und als ehemaliger Polizeibeamter unser wachsames Auge. Eine Art Frankfurter Clint Eastwood, an dem sich selbst die Außerirdischen die Zähne ausbeißen. Dann kommt

noch unser Christian. Er ist leidenschaftlicher Oldtimer Sammler und schraubt an allem rum. Der sechste bin ich. Mein Name ist Dieter und ich bin die Seele von unserem Schachclub. Quasi der Organisator in Person oder wie ich netterweise (manchmal) Master of Desaster genannt werde.
So, das wäre in groben Zügen unsere Mannschaft, die nun in dem alten Wohnmobil unterwegs war, um eine schöne Zeit zu verleben. Eigentlich, aber es sollte für uns und für die gesamte Menschheit eine grundlegende Wendung in unserem Leben werden.

In Südfrankreich, am Canal du Midi angekommen, suchten wir uns ein schönes Plätzchen aus, direkt unter den Platanen am Ufer des Kanals.
Wir packten aus und grillten saftige Steaks und gesellten uns zu den Leuten, die direkt neben uns ihre zwei uralten Zigeunerwagen postiert hatten. Es wurde gefeiert bis in die Nacht und alle waren guter Dinge.
Die Zigeuner machten Musik und wir sangen alle möglichen Lieder, die uns irgendwie so nach dem dritten Rotwein in den Sinn kamen. Beim Frühstück saßen wir dann alle am Ufer vom Kanal. Es schien die Sonne, die Vögel zwitscherten und es hätte an sich nicht schöner sein können.

DA BEGANN ES.

Es wurde schlagartig mucksmäuschen still, kein Vogel zwitscherte mehr, kein Laut war mehr von dem Rauschen in den Bäumen zu hören. Einfach Totenstille. Sogar der Wind, der gerade noch geweht hatte, regte sich nicht mehr. Es war gespenstisch. Kein Ton, keine Bewegung, nichts.

Einige von uns liefen zu unseren Nachbarn, den Zigeunern rüber, die direkt neben uns am Kanal ihr Camp aufgeschlagen hatten, um zu fragen was DAS denn jetzt zu bedeuten hatte. Aber selbst das Laufen machte keine Geräusche.
Eine totale Stille beherrschte die Szenerie. Wir wollten uns unterhalten, aber kein Laut war zu hören.
Jetzt kam wie aus dem Nichts ein lautes Geräusch. Es hörte sich an als wenn eine Eiswand kristallisiert und sich in tausende kleine Puzzlestücke zerteilt. Bei uns in Frankfurt sagt man dazu, es krisselt.
Zur gleichen Zeit färbte sich der Canal du Midi in ein sattes Orange. Auch jede Flüssigkeit nahm nun die Farbe orange an. Ich hielt gerade meinen Kaffeebecher in der Hand und staunte nicht schlecht, dass mein Kaffee nun orange statt braun war. Zu alledem gesellte sich alles, was aus Glas war, auch noch dazu. Egal ob es die Autoscheiben waren oder das Glas von Don Alfredos Rado-Uhr, alles war orange. Was dem ganzen dann noch die Krone aufsetzte war, dass alles aus Glas in tausende von Teilen zerbröselte, aber trotzdem irgendwie zusammen hielt.
Die Autoscheibe von unserem Wohnmobil sah nun aus wie ein orangefarbenes Puzzle. Beim Durchschauen sah man alles orange und durch die Lichtbrechung der Glasteilchen wirkte alles geheimnisvoll und unwirklich, irgendwie nicht von dieser Welt.

Das ganze Szenario dauerte so 10 Minuten, danach hatte der Canal du Midi wieder seine normale Farbe und mein Kaffee auch. Nur das Glas hatte die orangene Farbe behalten und war nach wie vor „zerbröselt“. Mittlerweile saßen wir nun alle Mann bei den Nachbarn und beratschlagten uns. Die hatten aber genauso wenig eine Erklärung für das Geschehen wie wir.
Einige von uns zogen ihre Handys raus und mussten feststellen, dass die Displays nun auch orange und zerbröselt waren, aber das Netz funktionierte und so riefen wir die Nachrichtensender ab um zu erfahren was das denn zu bedeuten hat. Aber kein Nachrichtensender, kein Nachrichtenportal hatte eine Meldung

über die Geschehnisse hier am laufen. Wir schüttelten nur alle die Köpfe und wussten uns keinen Rat mehr. Don Alfredo rief Christian an, um zu schauen ob man telefonieren konnte. Es klappte einwandfrei. Stefan kam als erster von uns auf die „Füße“. Er sagte, er fahre mal nach Beziers, also in die nächstgelegene Stadt, um etwas zu erfahren. Wir hatten zwei Vespas hinten an unserem Wohnmobil und so fuhren Stefan, Christian, ich und ein Zigeuner zu viert in die Stadt Beziers. Es sollte eine Horrorfahrt werden. Schon hundert Meter nach dem Canal du Midi lagen Autos kreuz und quer im Graben, waren aufeinandergefahren oder lagen auf dem Kopf. Was war geschehen?

Die Menschen liefen alle planlos herum und andere kamen nicht aus ihren Autos heraus. Und was das seltsame an dem Ganzen war, dass die Autoscheiben und alles was aus Glas bestand, weder orange gefärbt, noch zerbröselt war. Alles war heil geblieben. Nur die Menschen waren irgendwie wirr. Wir wussten nicht was wir tun sollten. Der Zigeuner machte eine Autotür auf um eine Frau zu befreien. Ihr Auto war unversehrt stehengeblieben und auch der Frau ging es körperlich gut. Als er die Tür aufmachte kam die Frau völlig hysterisch herausgestürmt und lief schreiend übers angrenzende Feld. Wir guckten uns wieder ratlos an. Was war nur hier los?
Gott sei Dank konnten wir mit den Vespas durch die wirr umher stehenden und auch ineinander gefahrenen Autos hindurchfahren und kamen dann an einer Tankstelle an. Wir gingen zum Tankwart rein um zu erfragen was denn Sache ist. Die Schiebetür ging wie gewohnt auf und hinter der Kasse versteckte sich der Tankwart ängstlich und zitterte. Als wir ihn befragten kam heraus, dass er weder etwas von dem verstand was wir sagten, noch dass er reden oder sich irgendwie anderweitig mitteilen konnte.

Wir kamen alle zu dem Schluss:
er hatte den VERSTAND VERLOREN!!!

Das betraf auch alle andere Personen die wir danach antrafen. Keiner konnte sich irgendwie mitteilen noch verstanden sie was wir von ihnen wollten. Gespenstisch. Alles was technisch am laufen war funktionierte, nichts war kaputt, nur die Menschen liefen wie die Tiere herum und wussten nicht was sie machten. Wir fuhren nun die Landstraße entlang Richtung Beziers und halfen allen Leuten aus den Autos, die selbst nicht den Türöffner fanden. Bis wir es aufgaben, da es eine schier nicht endende Autokolonne war, die kilometerweit in beide Fahrtrichtungen zu sehen war. Es war immer wieder dasselbe Spiel.

Wir beschlossen nach Beziers zu fahren um im dortigen Hospital Ärzte zu finden, die den vielen Verletzten in ihren Autos helfen könnten. Als wir im Krankenhaus ankamen war das gleiche Szenario zu sehen: das Personal lief orientierungslos umher und wusste nicht was es da machte. Die Kranken in ihren Betten schrien nach Hilfe, schrecklich und herzzerreißend.
Wir wussten wieder nicht was wir machen sollten. Wie konnten wir helfen, was konnten wir tun? Praktisch gar nichts. Stefan rief unsere Truppe am Canal du Midi an, um allen die Lage der Dinge mitzuteilen. Er schilderte die schlimmen Geschehnisse und sagte, dass wir jetzt zurückfahren werden. Er bekam noch die Order vorher einzukaufen, da wir doch noch Lebensmittel brauchten. Also machte sich unsere Gruppe auf den Weg zum Aldimarkt, den wir schon bei der Hinfahrt nach Beziers gesehen hatten. Da wir ja nur die zwei Vespas hatten, schnappte sich der Zigeuner kurzerhand einen Lkw der beim Entladen war. Die Menschen an der Laderampe waren schon in alle Himmelsrichtungen weggelaufen. So gingen wir in den Aldi und sahen wie mehrere Leute die Mehltüten aufgerissen hatten und vor lauter Hunger sich den Inhalt mit den Händen in den Mund stopften. Wir wollten sie nun davon abbringen, aber sie waren sehr aggressiv und schlugen nach uns.
Nachdem wir eingesehen hatten dass das nichts bringt, haben wir, sagen wir mal salopp, „eingekauft“. Die Kühlung und alles

funktionierte ja noch eins a, genauso wie die Kassen. An sich wollten wir ja bezahlen, aber es war ja keiner mehr da der uns das Geld abnehmen konnte.
Also verfrachteten wir alles in den beschlagnahmten Lkw und bahnten uns einen Weg durch die kreuz und querstehenden Autos die auf der Bundesstraße rumstanden.
Ab und zu mussten wir die Autos beiseite schieben und hielten auch dann und wann an um noch Leute zu befreien, die in den Autos gefangen waren. Wie schon erwähnt, sie konnten den Öffnungsmechanismus nicht finden.
Nun sahen wir in einiger Entfernung eine Rauchsäule am kleinen Flughafen von Beziers, der sich genau neben uns befand. Man sah das abgebrochene Leitwerk einer Rainair Maschine und den brennenden Rest. Es war keine Feuerwehr zu sehen. Niemand, nicht ein einziger Mensch war zu erblicken. Nebendran standen noch 2 Rainair Maschinen, die allerdings noch intakt waren. Wir fuhren weiter. Was sollten wir auch anderes machen. Wir waren gerade mal vier Hansels die noch nicht mal ne Erste Hilfe Ausbildung hatten. Nach geschlagenen 3 Stunden kamen wir bei unseren Leuten an und erzählten ihnen was wir erlebt hatten.
Totale Stille.

Jeder dachte nach, was das zu bedeuten hatte. Ist dieses Phänomen überall auf der Erde oder nur hier bei uns? Warum geht dann das Internet, die Handys und das Fernsehen? Wie geht es unseren Frauen die zu Hause geblieben waren? Viele von uns hatten schon versucht zu Hause anzurufen, aber keine von unseren Frauen hatte abgenommen. Keine? Nein! Die Frau von unserem Bazi hatten sie erreicht. Sie erzählte uns die gleiche Geschichte wie wir sie auch erlebt hatten. Bei ihr in Tann, ein kleiner Ort an der österreichischen Grenze, sind die Fenster jetzt auch orangefarben und „krisselig“. Auch der kleine Bach und das Wasser des Schwimmbades in dem sie sich befanden war kurzzeitig in Orange getaucht.

Aber ihr und der gesamten Familie gehe es gut, es gebe Strom und auch alles andere funktionierte. Bazi sagte ihr durchs Handy, dass es uns allen auch gut gehe und wir zurück nach Hause fahren wollten. Er erklärte seiner Frau Gudrun, dass sie alle den Ort möglichst nicht verlassen sollten, da die Menschen teilweise sehr aggressiv sind. Nun haben alle anderen von uns sich die Hände wund getippt, aber keine unserer Familien waren zu erreichen. Nicht ums verreck….

Was also tun? Mit dem Auto über tausend Kilometer durch umher stehende Autos fahren, mit Gefahren von denen wir nicht mal zu träumen wagten? Wir überlegten und überlegten, was wir denn nun machen sollten.
Die Zigeuner nebenan kamen zu dem Schluss erst einmal abzuwarten, ob sich die Lage beruhigt. Sie beschlossen dazubleiben. Das hätten wir wahrscheinlich auch gemacht wenn, ja wenn wir nicht unsere Familien zu Hause gehabt hätten. Diese quälende Ungewissheit was jetzt in unseren Häusern los ist. Was machen die Frauen, die Kinder, die Enkel? Wo sind sie? Leben sie noch oder verhungern sie, wenn keiner von ihnen was zu Essen mehr hat? Also beschlossen wir alle, sofort unsere Sachen zu packen und mit dem konfiszierten Lkw loszufahren. Was anderes blieb uns ja nicht übrig. Dachten wir, bis das Oberhaupt der Zigeuner zu uns rüberkam. Er hieß Luca und bot uns seine Hilfe an.
Sichtlich besorgt erklärte er, dass er Pilot für Sportflugzeuge sei und dass wir es doch mal gemeinsam am Flughafen von Beziers versuchen sollten eine Sportmaschine aufzutreiben, mit der wir nach Frankfurt fliegen könnten.

Er würde sich uns zur Verfügung stellen und die Maschine fliegen. Also ließen wir unser Wohnmobil zurück und fuhren mit dem Lkw zum Flughafen, den Weg dahin hatten wir ja schon auf dem Rückweg von Beziers „geräumt“. Am Flughafen angekommen brannte die Rainair Maschine immer noch. Dummerweise war sie

genau in die Gruppe von Sportflugzeugen gerast die wir so dringend gebraucht hätten. Und es stand nun auch kein Kleinflugzeug mehr zur Verfügung. Luca erklärte uns, dass er keine der zwei großen Maschinen fliegen könne. Jetzt waren wir am Boden zerstört. Was tun? So saßen wir jetzt alle Mann in der kleinen Abfertigungshalle und dachten nur daran, möglichst schnell zu unseren Familien zu kommen. Da kam Luca (ein Teufelskerl) wieder eine neue zündende Idee:
Wenn das Gedächtnis auf einmal weg ist, kann man es vielleicht wieder zurückholen. So wie bei einer Hypnose. Er selber sei ein Hobby-Hypnotiseur und wenn wir einen Piloten von Ryanair finden, dann wolle er versuchen bei ihm seinen Verstand wieder zurückzuholen. Irgendwie halt.
Er hatte in der Vergangenheit Zaubershows mit Hühnern gemacht, sie dabei in Hypnose versetzt und wieder zurückgeholt. Dabei legte er das Huhn auf einen Tisch und nahm seinen Zeigefinger vor das Auge des Huhns. Da das Huhn ja seine Pupillen nicht drehen kann und nur geradeaus sieht, schaute es dem Zeigefinger hinterher. Wenn der Zigeuner ihn dann im rechten Winkel weg zog, war das Huhn hin und weg. Anschließend machte er es genauso wieder rückgängig. Ein alter Zigeunertrick halt, aber vielleicht funktionierte es ja auch bei Menschen.

Das war natürlich ein gewagter Vorschlag, der bei uns nur auf Unverständnis traf. Mancher von uns musste an den Gedanken daran lächeln. Aber Stefan und Michael, beide Männer der Tat, sagten: versuchen wir es. Sofort suchten wir nach einem Rainairpiloten. Alle strömten aus. Wir schauten in den Toiletten, in Lagern, auf dem Rollfeld, in den Maschinen und was weiss ich noch wo alles, bis Christian einen Schrei aus dem Kinderspielplatz von McDonalds los lies. Wir alle sind sofort losgewetzt und siehe da……….. tatsächlich stand da unser Christian mit nem Piloten in voller Montur inmitten tausender farbiger Plastikbälle im Kinderland von Mc.

Der Pilot hatte nun Angst vor den vielen Menschen die ihn hoffnungsvoll anstarrten. Anscheinend hatte er schon vor Stunden auf die Toilette gemusst und ihm lief die Scheiße aus dem Hosenbein. Klar, wie sollte er die Hose aufbekommen ohne Verstand. Der Pilot sah erbärmlich aus. Aber egal. Wir waren alle wie elektrisiert, gingen in die Waschräume und brausten ihn erst mal ab. Dabei mussten wir ihn mit 4 Mann festhalten, aber es gelang und Luca machte sich auch sogleich an die Hypnose.
Wir banden nun den Mann an einen Stuhl damit dieser ruhig blieb und verließen den Raum. Nach nicht enden wollenden 2 Stunden kam Luca mit dem Piloten heraus.
Und…………….. der Pilot sagte:
Good morning, can I help you?

Wow……. für uns war das wie Weihnachten und Ostern auf einem Tag.
Es klappte. Wir konnten nach Frankfurt fliegen und was noch besser war: es stand nun fest, dass wir unsere Frauen wieder ins Leben zurückholen konnten, wenn wir sie denn fänden. Alles irgendwie, wenn es so wäre und was kann sein und was nicht.
Egal, wir schnappten uns die Lebensmittel, Medikamente und alles was wir glaubten irgendwie verwerten zu können und luden die Fracht in die Rainair Maschine ein. Natürlich auch unseren neuen „Star Hypnotiseur“! Dem irischen Pilot sagten wir natürlich auch unsere Hilfe für seine Familie zu, denn er konnte sie auch nicht übers Handy erreichen. Jetzt checkten wir alle Flugkanäle, alle Flughäfen und Airlines und sämtliche Tower dieser Welt. Es kam ……....nichts.
Nichts außer jede Menge Funkverkehr von Amateuren, wo immer die sich auch befanden. Wahrscheinlich in einer orangenen Zone. Das gab uns natürlich auch noch einen kleinen Hype mit auf den Weg.
Das Flugzeug vom Typ Boeing 737-800 war nun vollgetankt. Michael als Maschinenbauer hatte die Betankung übernommen, da er der einzige war der mit der Technik klarkam.

Der Pilot, er hieß zu allem auch noch Ryan, sprach ins Headset dass er jetzt startet. Der Funkspruch ging ins Nirwana, was uns aber allen schier egal war. Es ging in die Luft und wir waren alle in einer irren Erwartungshaltung, die uns hoffen ließ. Ich machte mich als Steward nützlich und kochte einen einigermaßen trinkbaren Kaffee, was uns irgendwie beruhigte. Vielleicht war er ja ohne Koffein!

Frankfurt

Landeanflug Frankfurt am Main.
Überall lagen verbrannte und abgestürzte Maschinen. Unmöglich zu landen. Keine Chance. Also flogen wir auf den benachbarten Sportflugplatz Egelsbach, um dort unser Glück zu versuchen.
Und tatsächlich …..die Landebahn war frei und wir landeten problemlos. Nun war es schon später Nachmittag und wir hegten die Hoffnung, unsere Familien noch vor Einbruch der Dunkelheit zu finden und beeilten uns natürlich beim Entladen der Maschine. Wir schnappten uns einen schweren Lkw, der direkt neben uns stand, beluden ihn mit unserem Zeug und fuhren auf die Autobahn A5. Auch hier herrschte das Chaos. Überall umgestürzte Lkw. Und wirr zerstreute Autos lagen über der ganzen Autobahn. Wir schaufelten uns dann den Weg frei, bis wir zu unserer Ausfahrt Frankfurt - Heddernheim kamen.
Als erstes schauten wir nach Don Alfredos Frau Carmen. Wir klingelten, aber keiner machte auf. War sie nicht zu Hause? Stefan hechtete über den Zaun und machte uns von innen auf. Die Terrassentür war offen, aber von der Carmen keine Spur. Wir durchsuchten das ganze Haus und siehe da: Carmen kauerte vor der Waschmaschine im Keller und schaute uns mit großen Augen

an. Außer dass sie Angst vor uns hatte und vor Unterkühlung zitterte, war sie ok.
Don Alfredo nahm sie in den Arm und wir waren alle sichtlich erleichtert. Luca machte sich sogleich ans hypnotisieren. Wir ließen die drei zurück und fuhren 3 Kilometer weiter zu mir nach Hause um Anne zu suchen. Bei mir angekommen, machte ebenfalls niemand auf. Ich also flugs übers Hoftor und nachgeschaut wo sich meine Frau rumtreibt.
Sie war nicht da. Auch das Auto nicht. Wo war sie nur hingefahren?
In unserem Terminkalender stand nichts und auch sonst konnte ich nichts an Infos entdecken wo sie hingefahren sein könnte. Es war ja Sommer und sie könnte im Schwimmbad sein. Oder einkaufen, oder, oder.
Da kam Ralfiebaby die Idee (da kommt mal wieder die logische Denkweise eines Polizisten zutage) auf dem Display vom Telefon zu schauen wer angerufen hat oder wen Anne zuvor angerufen hatte. Volltreffer!! Ausgerechnet seine Frau Sabine hatte auf den Anrufbeantworter gesprochen ob sie nicht mal vorbei kommen möchte. Na und dann gings gleich nach Nieder-Eschbach, ebenfalls ein Stadtteil von Frankfurt, wo er mit seiner Frau Sabine wohnte.
Dort angekommen hofften wir nun seine Frau und auch meine zu finden. Das Auto von Anne und mir war zwar da, aber dafür Sabines nicht. Wie erwartet waren die zwei weggefahren. Aber wohin? Was sollten wir nun machen?
Michael hatte da die Idee einer Handyortung und wir luden uns erstmal eine Ortungsapp runter. Das funktionierte einwandfrei, genauso wie die anschließende Ortung von den Handys unserer Frauen. Beide blinkten im Kurpark von Bad Homburg auf. Also nix wie hin. Im Kurpark war gerade die Skulpturenausstellung „Blickachsen“, wo ich auch immer hin ging.
Es waren dort tolle und interessante Objekte zu bestaunen.

Wir suchten die Beiden mit unserer App und machten uns die größten Sorgen, die aber unbegründet waren, wie wir sogleich bemerkten.
Da saßen die Zwei doch tatsächlich nebeneinander auf einer Bank und zupften sich gegenseitig an den Kleidern. So nach dem Motto: da iss ne Falte drin. Beide rafften schier nix, waren aber guter Dinge.
So „kassierten" wir sie ein und fuhren zu Don Alfredo zurück, wo Luca noch immer mit Alfreds Frau Carmen am Hypnotisieren war. Ein hartes Stück Arbeit ist das hier, sagte Luca, sie hat einen verdammt starken Willen………

Nun war es Nacht und wir waren alle platt. Wir wollten nur noch schlafen.
Christian aber, und natürlich auch Michael und Stefan, hielt es nicht länger auf dem Sofa. Christian wohnte in Bad Nauheim, nur 15 Kilometer weit weg von unserem Standort. Seine Frau Grit antwortete, wie auch Michaels Frau Susi und Stefans Martina, immer noch nicht auf unsere Anrufe. Also fuhren Christian, Stefan und Michael, der ja noch ins 200 Kilometer entfernte Düsseldorf musste, spät in der Nacht los um nachzuschaun was Sache ist. Auch Stefan fuhr mit. Er wollte anschließend nach Hameln, wo seine Martina bei ihren Eltern verweilte. Sein Sohn war mit seiner Freundin nach Thailand zum Angeln gereist und antworteten auch nicht.

Auf der Autobahn ging schier nix, weil schon auf der Auffahrt ein umgekippter Autotransporter lag, der seine Fracht planlos verstreut hatte. Überall lagen Autos herum. Also über die Bundesstraße. Ging aber auch nicht, weil nach 5 Kilometer im Wald ein dicker Baum umgefallen war und die Fahrbahn blockierte. Also kamen sie zurück. Trotz der großen Sorge um ihre drei Frauen schliefen Christian, Stefan und Michael den Schlaf des Gerechten. Am nächsten Morgen dann hatte Carmen ihr

Gedächtnis wieder und erwartete uns mit einem herrlich duftenden Kaffee.
Auch Anne und Sabine waren anwesend, aber noch im Hypnosestatus.
Luca musste sie am Stuhl festbinden, weil Sabine immer weglaufen wollte und Anne zappelte wirr rum. Luca sagte zu Don Alfredo: das wird mir jetzt langsam zu viel, ich mach mit dir nachher einen Blitzlehrgang in Hypnose, damit du das auch kannst. Don Alfredo nickte zustimmend, er wollte ja auch helfen. Aber seine Frau Carmen sagte gleich: ne, ne, das iss eher ne Sache für mich. Und so kams dann auch, Carmen war ab sofort unser zweiter Hypnotiseur/in…..

Nach dem Frühstück war die Zeit von Christian, Stefan und Michael gekommen.
Die drei „entliehen“ sich im nahe gelegenem Baumarkt eine Kettensäge um den Baum kleinzusägen. Das war schon ein Erlebnis: allein im Baumarkt und du kannst einkaufen was du willst ohne zu bezahlen. Kein Mensch war zu sehen, aber die Schiebetüren und die Beleuchtung funktionierten einwandfrei. Nur der Hähnchengrill auf dem Parkplatz stank bestialisch, weil die „Flattermänner“ übelst verbrannt waren und sich nach zwei Tagen und Nächten noch immer drehten………
Egal, die drei fuhren mit dem Lkw, den wir vom Flughafen entliehen hatten, nach Bad Nauheim und zersägten den im Wege liegenden Baum. Bei Christian zuhause angekommen war seine Frau Grit nicht da, dafür aber seine beiden Töchter, die wie in einer anderen Welt zu sein schienen. Sie saßen regungslos auf dem Sofa und starrten auf den eingeschalteten Großfernseher an der Wand. Auch nach intensivstem Suchen in der Umgebung konnten die drei keinerlei Spuren von Grit ausmachen. Was also tun? Sie fuhren zurück nach Frankfurt zum hypnotisieren.Mit der Hoffnung, dass die beiden Töchter etwas zum Verschwinden ihrer Mutter sagen könnten.

Das war Carmens erster Einsatz. Sie hatte mittlerweile ihren „ Blitzlehrgang“ hinter sich. Luca war total platt ins Bett gefallen und in seinen Träumen schon beim neunhundertachtzigstem Schäflein angekommen.
Anne und Sabine waren nun mittlerweile auch clean und halfen wo sie konnten. Natürlich machten sie sich nun auch große Sorgen wie es ihren Kindern und Enkeln ging. Anne sorgte sich insbesondere um ihren Bruder der vor langer Zeit nach Andalusien ausgewandert war. Ständig war einer von uns am skypen, telefonierte oder versuchte es per Mail oder WhatsApp.
Aber es war nix zu machen.

Carmen hypnotisierte was das Zeug hielt und es klappte. Beide Töchter von Christian erinnerten sich, dass ihre Mutter im Hintertaunus wandern gehen wollte. Also probierten wir es wieder mal mit der Handyortung. Aber es war nichts zu orten, Grit blieb verschwunden. Dafür klingelte aber Michaels Telefon. Seine Lebensgefährtin Susi meldete sich. Wow…..
Susi erklärte uns dass sie irgendwo eine Brücke heruntergefallen wäre und unten aufgewacht ist. Durch den Sturz hatte sie anscheinend die Besinnung wieder zurückbekommen. Susi war mittlerweile wieder zu Hause und heulte weil ihr Sohn apathisch vor ihr saß und überhaupt auf nichts reagierte. Michael beruhigte sie und erklärte ihr unsere Lage und dass mit einer Hypnose alles wieder ins Lot kommt. Sie solle nur warten bis er aufkreuzt. Bazi, unser Bayer, dessen Familie in der orangenen Zone sicher war, sprach nun mit seinen Lieben. Er sagte, dass es noch etwas dauern würde bis er nach Bayern zurückkommt. Erst müsse man sich um die anderen Verschwundenen kümmern

So fuhren dann auch Bazi, Michael, Christian und Stefan zusammen in dem Lkw in den Hintertaunus um Grit aufzuspüren. Don Alfredo, Luca und ich blieben bei den Frauen und bildeten quasi unsere Basis. Die Frauen unterdessen versuchten ununterbrochen die Familienangehörigen zu erreichen. Wir hatten

mittlerweile aus der Umgebung mehrere Computer und Monitore zusammengetragen und das Wohnzimmer von Sabine und Ralfiebaby, wo wir inzwischen unser Lager errichtet hatten, glich einer Computerzentrale. Überall wurde geskypt und gemailt, versucht übers Netz Informationen zu bekommen. Im Fernsehen liefen, wenn überhaupt, nur Livebilder von Nachrichtensendungen, wo sich die Sprecher auf und davon gemacht hatten. Man sah dann nur ab und zu einen verwirrten Menschen vorbeihuschen. Mehr nicht. Bei RTL lief ein Reklameclip in einer schier endlosen Wiederholungsschleife. Thomas Gottschalk aß dabei ununterbrochen Gummibärchen und sagte laufend: das ist ne aussterbende Art. Kein Wunder, wenn der Thomas ohne Unterbrechung die ganzen Gummibärchen auffuttert!
Die anderen Sender hatten nur Bildrauschen zu vermelden, auch bei Satelliten TV. Also war das Netz mit Facebook und whatsapp die einzige Möglichkeit Infos zu bekommen. Die Amateurfunker konnten wir nicht erreichen, da keiner von uns wusste was er zu machen hatte, außerdem fehlte uns ja das Equipment.

Mittlerweile waren Bazi, Stefan, Christian und Michael im Hintertaunus angekommen und hielten Ausschau nach dem Wagen von Grit, einem Oldtimer 8 Zylinder Mercedes. Den musste man an sich leicht erkennen können, wenn man ihn denn sah. Die vier fuhren stundenlang rum, bis Christian sich wieder in Erinnerung rief, dass sie einmal auf einem Feldweg bei Cleeberg in einen Wald reingefahren waren um Pilze zu suchen. Und jetzt war ja der Anfang der Pfifferlingszeit. Also nix wie los nach Cleeberg, einem kleinen beschaulichem Nest im Hintertaunus, das von Wäldern umgeben war.

Das Raumschiff in den Wäldern von Cleeberg

Die vier sahen schon von weitem die Burg von Cleeberg und fuhren den gerade genannten Feldweg in den Wald hinein. Das ging so drei bis vier Kilometer, bis sie auf eine unsichtbare Mauer fuhren. Rumms!!
Die Stoßstange des Lkw fiel ab und die Scheinwerfer samt Vorderfront waren hin und die Jungs wurden gut durchgeschüttelt. Gott sei Dank hatten sie sich alle angeschnallt. Vor ihnen waren nur Bäume und Sträucher zu sehen, aber sie kamen nicht weiter. Eine unsichtbare Wand hielt die vier auf und sie konnten nicht weiterfahren. Zurückfahren ging aber. Also was tun?
Sie saßen nun auf der Ladefläche und aßen erst einmal ihr mitgebrachtes Brot. Dabei kam eine Mücke angeflogen und Christian haute unwillkürlich mit seiner Zeitung, die er in der Hand hielt, auf die Mücke. Die wich gekonnt aus, flog aber direkt in den Mund von unserem Bazi, der sich gerade erschreckt hatte und den Kopf rumdrehte. Sofort spuckte er die Mücke wieder aus und mit einem metallenem „ Pling“ landete sie auf der Kühlerhaube des Lkws. Sie sahen sich jetzt alle verwundet an, denn eine Mücke die solche Geräusche macht gibts doch gar nicht. Sie nahmen die reglose Mücke von der Haube und betrachteten sie genau. Michael fotografierte sie mit dem Handy und vergrößerte dann die Aufnahmen. Und siehe da, die Mücke war aus Metall und Kunststoff.
Ein Spion also. Man beobachtete die vier. Das war schon der Hammer und sie schauten nach oben, warum auch immer. Es waren noch andere Mücken auszumachen, aber sie wussten nicht ob sie auch aus Metall waren. Bazi lief dann herum und klatschte jede Mücke ins Jenseits die er erwischen konnte. Was also tun? Da machte Stefan eine Entdeckung. Er deutete aufgeregt auf ein

Eichhörnchen hin, dass die unsichtbare Mauer hochkletterte. Das sah schon irre aus: ein Eichhörnchen, dass praktisch in zehn Metern Höhe „in der Luft ins Nichts“ hochkletterte.

Die unsichtbare Mauer oder was das auch immer war, hatte scheinbar eine Angriffsfläche, wo sich das Eichhörnchen festklammern konnte. Mittlerweile war es auf ca. 15 Metern Höhe angekommen und hangelte sich auf der anderen Seite wieder runter.
Stefan sagte sofort: das mach ich jetzt auch. Er war sehr gut im Climbing und machte immer im Zillertal die irrsten Bergtouren.
Gesagt, getan.
Stefan sprang auf die unsichtbare Mauer und….rutschte gerade wieder ab. Das stank ihm gewaltig und er versuchte nun eine nahe gelegene Tanne zu erklimmen, um auf das Ende der Mauer zu springen. Christian gab Stefan noch ein Handy und das Abschleppseil vom Lkw mit, damit er sich auf der anderen Seite der Mauer abseilen konnte. Wenn er es denn schaffen sollte von der Tanne auf das Ende der unsichtbaren Mauer zu springen.
Man soll es nicht glauben, aber Stefan packte es mit einem gewagten Sprung. Er sprang ja schier ins Nichts und landete auf dem oberen Ende der Mauer. Von dort oben hatte er einen guten Ausblick und schrie ganz aufgeregt runter:

EIN RAUMSCHIFF !! EIN RAUMSCHIFF!!

Ja , Stefan hatte in vielleicht 200 Metern ein schneeweißes Raumschiff ausgemacht, das hier im Wald gelandet war. Er fotografierte das Teil und schickte die Bilder auf die Handys. Sie sahen ein Raumschiff das bestimmt zwei bis dreihundert Meter lang war, schneeweiß mit vorne einer großen Kugel und hinten einer kleineren. Es ragte so um die zwanzig Meter über die Baumwipfel. Wow, was für ein Hammer…... Statt Grit zu finden, fanden sie ein Ufo!!! Aber was machte dieses Ding hier im Wald und warum versteckte es sich hinter einer unsichtbaren Mauer? Dies sollte sich aber bald klären.

Stefan wollte sich gerade abseilen, als ihm ein unsichtbarer Aufzug mit einer eiförmigen Gestalt von unten entgegenkam. Bazi, Michael und Christian sahen ja durch die ebenfalls unsichtbare Mauer alles live mit und hielten den Atem an. Stefan schlotterten die Beine und er wusste wohl das erste mal in seinem Leben nicht, was er machen sollte. Die drei Freunde konnten ihm ja von unten aus nicht helfen und er war auf sich alleine gestellt.

Die Gestalt, die auf dem „unsichtbaren Elevator“ hochzischte, war ein Alien. Es war cremefarben, nackt, irgendwie eiförmig und hatte Arme und Beine. Das Ding war ca. zwei Meter groß und hatte schwarz metallisch reflektierende Augen.
Als die Gestalt oben angekommen war, fiel Stefan nichts anderes ein als „Hallöle“ zu sagen. Er war einfach nur geplättet. Das Alien sagte nichts. Aber es kommunizierte durch Gedankenübertragung direkt mit Stefan, so dass beide nicht zu sprechen brauchten. Es „sagte“ dass er keine Angst zu haben bräuchte, es werde ihm nichts geschehen. Darauf beruhigte sich Stefan zusehends und fuhr mit dem Alien den unsichtbaren Aufzug auf der anderen Seite der Mauer wieder herunter. Die beiden verschwanden im Wald in Richtung des gelandeten Raumschiffs. Stefan lies das Handy auf Empfang und so konnten die drei Freunde sehen wo die beiden hingingen. Nach einer Weile erreichten sie das Raumschiff. Danach setzte das Alien das Handy außer Betrieb und sie mussten nun abwarten was passiert.

Stefan fuhr mittlerweile auf einer Art Spacerolltreppe mit dem Alien ins Raumschiff hinein. Es fühlte sich genauso an, als ob er auf einer Rolltreppe fuhr, nur man sah sie nicht. Drinnen angekommen, deutete das Alien auf eine bläulich leuchtende Fläche im Raum und bat Stefan sich zu setzen. Der, sie hatten ihn mittlerweile Eiermann genannt, setzte sich einfach in die frei im Raum schwebende Sitzgelegenheit und Stefan tat es ihm gleich. So saßen sie nun nebeneinander im blauen Nichts und kommunizierten via ihrer Gedanken. Der Eiermann fragte, was die Gruppe denn so alles bis jetzt erlebt habe und gab Stefan zu verstehen, dass er nicht zu lügen brauche. Er würde es sofort bemerken und es schaffe kein Vertrauen und er müsste ja keine Angst haben. Ihm und seiner Gruppe würde nichts passieren und sie dürften unbehelligt wieder abziehen.

Natürlich hatte Stefan jetzt tausende Fragen parat die er dem Alien stellen wollte. Er musste aber erst einmal alles erzählen was ihnen bis jetzt geschehen war. Das Alien hatte kein Gesicht und Stefan fehlte die Mimik des Aliens, um eine Reaktion bei ihm feststellen zu können. Das merkte der Eiermann und er lies doch tatsächlich einen Anflug außerirdischen Humors erkennen, indem er ein lautes Lachen von sich gab, ohne das man irgendwelche Regung auf seinem nackten Körper erkennen konnte. Er hatte ja nicht einmal einen Mund. Einfach nur zwei Augen.
Also gab Stefan seinen Gedanken freien Lauf und um den Eiermann nicht unwirsch zu machen, dachte er überhaupt nicht daran etwas zu verbergen oder gar das Alien anzulügen. Nachdem der die ganze Geschichte „gehört“ hatte, nickte der Eiermann Stefan zu und lies ihm eine innerliche Wärme zuteil werden, so dass dieser sich zunehmend entspannte.
Und es kam ein sehr interessanter Gedankenaustausch zustande, irgendwie schon in einer freundschaftlichen Atmosphäre.
Nun beantwortete der Eiermann alle Fragen die Stefan unsortiert in seinem Gehirn vor sich herschob. Als allererstes war das die Frage, ob seine Spezies etwas mit den Geschehnissen der letzten drei Tage zu tun hatten.

Das Alien holte ganz weit aus und erklärte, dass vor ein paar tausend Jahren ein kleiner Teil seines Volkes von ihrem Ursprungsplanet vor einer künstlichen Intelligenz geflüchtet waren und auf der Erde buchstäblich gelandet seien, quasi als Flüchtlinge. Da dachte Stefan sofort an die jetzigen Flüchtlinge, die bei uns eingewandert waren und beide mussten lachen - wie auch immer der Eiermann ohne Mund lachen konnte.
Was für eine Situation, dachten beide und das Gespräch wurde zunehmends lockerer.
Der Eiermann gab Stefan zu verstehen, dass sie tatsächlich für die gesamte Situation verantwortlich seien. Er sah es auch irgendwie als Vorsehung, dass unsere Gruppe gekommen war und ihr Raumschiff sichteten.
Deshalb war er auch bereit Stefan quasi als Botschafter der Menschen zu empfangen und ihm alles zu erklären.
Und da sie es als einzige Gruppe der Menschheit geschafft hatten bis hierher vorzudringen waren sie irgendwie schon ein bisschen auserwählt, wie immer man das auch sehen wollte.

Erstens, sagte er, ist die Wahrscheinlichkeit dass jemand dem ganzen Szenario entgeht in dem er sich an einem Gewässer aufhält, während die Aliens die gesamte Erde mit „Vergessensstrahlen“ überziehen, sehr gering. Aber dass dann auch noch jemand das Raumschiff findet und über die Mauer kommt, wäre schon ein toller Jackpot. Da mussten beide wieder lauthals lachen. Sein Raumschiff musste nämlich im Wald notlanden, da zu viel Energie benötigt wurde, welche für die Bestrahlung nötig war. Für die Antriebsaggregate war zu wenig Saft da. Sie wurden durch die Überbelastung lahmgelegt und mussten nun wieder solar neu aufgeladen werden. Deshalb saßen sie hier fest, sagte das Alien. Auch funktionierte die Tarnung der Raumschiffe nicht mehr, da auch dazu die Energie fehlte. Normalerweise sind unsere Schiffe für euch Menschen absolut unsichtbar.

Und was die orangene Farbe angeht, verhält es sich folgendermaßen:
um die gesamte Erdoberfläche abdecken zu können, bestrahlen die Raumschiffe die Gebiete an den Grenzlinien doppelt. Diese doppelte Energie wird durch Wasser, ganz egal ob es sich um ein Fluss, See oder Meer handelt, neutralisiert. Wer sich dort befindet sieht dann überall den Effekt, dass das Wasser und alles was aus Glas besteht in orange leuchtet. Das Glas krisselt dann und die orangene Farbe geht nach der Bestrahlung nur auf dem Wasser zurück, bei Glas bleibt sie erhalten. Befindet sich z.B. ein Schiff auf dem Meer unter den doppelten Energiestrahlen passiert der Besatzung nichts. Das Wasser neutralisiert die Energie.

Das Alien sagte, sie hätten nur zwanzig Großraumschiffe zum Abdecken der Erdbestrahlung zur Verfügung gehabt und deshalb sei es zu der Energieüberlastung der Raumschiffe gekommen, die jetzt überall auf der Erde am Boden seien.
Nun wollte Stefan natürlich wissen, warum die Aliens das gemacht hatten. Es führte ja für Millionen, wenn nicht für Milliarden Menschen zum Tod.
Der Eiermann erklärte, dass sie es waren die vor tausenden von Jahren dem Menschen das Gedächtnis gaben und sie seit Anfang an unsere Entwicklung begleiteten. Aber nun war es an der Zeit die Menschheit vor der Versklavung durch die Künstliche Intelligenz zu retten und somit ihre Freiheit zu bewahren. Hierzu mussten sie aber leider die Menschheit in der Evolution zurückwerfen und den Menschen ihr Gedächtnis nehmen.
Sie selbst als Außerirdische hätten einen Ethikkonsens, keine Kreatur zu töten, was aber nicht ausschließt, dass durch die Aktion indirekt viele Menschen sterben mussten und noch müssen.
Das dies gerade passiert tue ihnen zwar leid, sei aber unumgänglich.
Nun führte der Eiermann ausführlich aus, was sie zu dieser Handlung bewogen hatte. Er erklärte Stefan, dass sie vor tausenden von Jahren vor der Künstlichen Intelligenz und deren

Computernetzwerken fliehen mussten, die sie selbst auf ihrem Planeten erschaffen hatten.
Sie machten unser Volk zu Sklaven und nur ein kleiner Teil schaffte es zu fliehen und landete zufällig auf eurer Erde.
Wir gaben beim Start vor unserer Reise, übrigens mit einer für euch unglaublichen Geschwindigkeit, die Koordinaten von eurem Sonnensystem an. Das lag daran, weil die Abtastung unserer Sensoren ergab, dass eure Erde blau leuchtete. Wir flogen vorher unzählige Systeme an um unsere Spuren zu verwischen, da uns noch immer Maschinen verfolgten, welche die KI hinter uns herschickte.

Deshalb müssen wir auch heute noch aufpassen dass sie uns nicht finden. Sonst würden wir unterjocht und das würde natürlich genauso auch die Menschheit treffen. Immer wieder senden sie Suchdrohnen aus um uns zu finden. Wir haben aber eine Abwehreinrichtung in eurer Galaxie errichtet um diese abzufangen und zu vernichten, bevor sie eine Nachricht übermitteln können. Hoffen wir dass es dabei bleibt. Wir sind also nur Flüchtlinge die ihre Freiheit behalten wollen und vor geraumer Zeit auf die Erde gekommen sind, wo es noch keine Kreatur gab die richtig denken konnte. Das Gedächtnis haben wir euch gentechnisch erst gegeben.
Wir wollten an eurer Entwicklung teilhaben ohne irgendwelche Einmischung von uns und sehen, ob wir daraus selbst etwas lernen können und auch ob wir etwas besser machen können für unsere eigene Weiterentwicklung. Gerade in der Musik und der Kultur war das für uns sehr bereichernd. Ich selbst bin Michael Jackson und Elvis Presley Fan. Ab und an tanze ich auch mal den Moon Walk….

Nun ist aber eine Entwicklung eingetreten wo wir einschreiten mussten. Zum einen hat es mit der Entwicklung der Künstlichen Intelligenz zu tun, was ja, wie schon erwähnt, auch in unserem Volk zur Versklavung führte.

Zum anderen mit einer Erfindung, die sich die NSA zu eigen machte, ohne auf deren Risiko oder Auswirkungen zu achten. Stefan „hörte“ gebannt zu was der Außerirdische nun zum Besten gab und war gespannt wie ein Flitzebogen.

Der Außerirdische fuhr fort:
die NSA entwickelte ein Hypnoseprogramm das auf Handys aufgespielt wurde. Der amerikanische Geheimdienst hatte sich das Verhalten der Menschen zu nutze gemacht, dass die Leute immer und zu jeder Gelegenheit auf ihr Display schauten. Durch die Reaktionen, welche die jeweilige Handykamera von den Pupillen ablesen konnte, war man in der Lage die Augen so zu fokussieren, das eine Hypnose möglich war.
Man nutzte dieses Programm aber nur bei ausgewählten Personen um sie zu manipulieren.
Gleichzeitig arbeitete man intensiv an einem großangelegten Computerprogramm mit Künstlicher Intelligenz, welches völlig selbstständig agieren sollte. Was die Amerikaner aber nicht wussten, war nun, dass auch China sich mit demselben Thema befasste und schon viel weiter fortgeschritten war. Das chinesische System hatte eine eigene Ethik und die hatte mit Freiheit oder Demokratie nichts am Hut. Die künstliche Intelligenz aus dem Reich der aufgehenden Sonne suchte eigene Wege und knüpfte Synapsen zu der amerikanischen KI der NSA. Beide Systeme vereinigten sich, ohne dass die jeweiligen Staaten etwas mitbekamen, und setzten eigenständig das Hypnoseprogramm der NSA für ihre Systeme ein. Nachdem bereits Millionen Menschen von der, wenn man so will, vereinigten Künstlichen Intelligenz manipuliert wurden, haben wir die Notbremse gezogen.

Die Systeme waren auch nicht mehr zu stoppen, da sie ihre gesamten systemrelevanten Daten auf alle Rechenzentren dieser Welt verteilt hatten. Eine Zentrale gab es nicht, eine Abschaltung einzelner Staaten war nicht mehr möglich. Die KI hatte

unbegrenzt Zugriff auf alle Daten und Passwörter weltweit, da sie sich ja in jedem Rechenzentrum, in jedem Server wie ein Parasit verankert hatte.
Wie würdet ihr so schön sagen: der Teufel ist digital geworden…..
Nur ohne die Menschen, die die Systeme ja noch aktuell benötigen, ist dieser Stopp noch zu machen. Je länger wir damit gewartet hätten um so selbstständiger wären sie Systeme der KI geworden. Es galt also zu Handeln, erklärte der Eiermann. Nun wird die Künstliche Intelligenz sterben, da die Menschen nicht mehr in der Lage sind sie zu füttern und mit Strom zu versorgen. Bald werden die Kernkraftwerke dieser Welt hochgehen und die Computersysteme bekommen keine Energie mehr. Die paar Menschen die jetzt noch den Verstand behalten haben können die digitale Infrastruktur nicht mehr aufrecht erhalten und die computergesteuerte Welt wird aufhören zu existieren. Hierin liegt auch eine neue Chance für euch.
Aber ihr müsst euch beeilen. Wenn die Atomreaktoren weltweit hochgehen, werden weite Teile der Erde verseucht sein und ihr müsst nun sehen wohin euer Weg geht, wo ihr leben könnt.
So, mehr kann ich euch nicht sagen, außer das eure gesuchte Person gerade auf einem Hochstand zwei Kilometer südlich vor einer Lichtung im Wald sitzt. Ihr müsst sie nur abholen. Übrigens, eine super Idee mit dem Zurückholen unter Hypnose. Kompliment!

Stefan war nun doch schon ziemlich perplex und musste das Ganze erst mal verarbeiten. Doch er hatte noch so viele Fragen. Dies bekam der Eiermann mit und er erklärte sich noch bereit zwei, drei Fragen die Stefan brennend auf der Zunge lagen zu beantworten.
Die erste Frage war, wie sie denn die schnellen Geschwindigkeiten und Richtungswechsel während des Fluges aushielten, da ja jeder Mensch daran sterben würde. Gerade erfahrene Lufthansa Piloten hatten immer davon berichtet Ufos gesehen zu haben, die mit Überschallgeschwindigkeit ihre

Maschinen überholten um dann einen 180 Grad Richtungswechsel in Sekunden vorzunehmen. Das war für einen menschlichen Körper unmöglich auszuhalten.
Und zum anderen ob 1947 bei Roswell in New Mexiko wirklich ein Raumschiff von ihnen abgestürzt war und dass man Wrackteile davon und tote Aliens in das militärische Sperrgebiet Area 51 in Nevada gebracht hatte.
Und dann noch, wie sie sich ernährten und ihre Umwelt wahrnehmen konnten, wo sie doch weder Mund noch Nasen oder Ohren haben.
Mit etwas schwarzem (interstellaren?) Humor entgegnete der Außerirdische den Fragen die Stefan gestellt hatte, ja man konnte meinen er schmunzelte im Innern sogar…...
Nun, zu dem Absturz kann ich sagen dass es stimmt. Ein Raumschiff von uns ist wirklich damals 1947 in New Mexico abgestürzt.
Da wir unsere toten, ihr würdet Landsmänner sagen, abholen wollten machten die Militärs Probleme. Sie versteckten das Raumschiff und unsere toten Piloten in einem Bunker in der Wüste und bewachten sie mit Panzern und Abfangjägern. Wir landeten daraufhin direkt auf dem Rollfeld vor dem Bunker.
Ich selber, sagte der Eiermann, trat dem General entgegen der die ganze Sache leitete. Er wollte uns nicht unsere Brüder aushändigen und so musste ich ihm zeigen dass er keine Chance hatte. Ich drang in sein Gehirn ein und simulierte, dass er einen Abgrund herunterstürzte. Kurz vor dem Aufprall hielt ich an und er schwebte in der Luft. Und das bei vollem Bewusstsein, während er gleichzeitig auf dem Rollfeld neben mir stand.
Er erlebte zwei Welten in einer Zeit. Gleichzeitig verbogen wir die Rohre der Panzer und ließen die Abfangjäger in die Luft gehen und drehten sie um, so dass sie samt Piloten antriebslos kopfüber in der Luft hingen.
Quasi wie Spielzeug. Das überzeugte den General und er gab uns alles was wir wollten heraus. Wir baten uns Stillschweigen über

das Geschehen aus, dass bis heute von der amerikanischen Regierung eingehalten wurde.

Was nun das biologische Verhalten unseres Körpers angeht ist es so, dass wir keine Organe besitzen. Alle Funktionen sind bei uns über und innerhalb des Körpers verteilt. In unserem Sonnensystem ist der Druck der Schwerkraft so groß dass keine Organe existieren können.
Deshalb halten wir bei einem totalen Richtungswechsel unserer Raumschiffe selbst bei 4-facher Schallgeschwindigkeit stand.
Der Druck der Geschwindigkeit wird auf jedes Atom im Körper verteilt und dann absorbiert. Da wir keine Nahrung oder Flüssigkeiten zu uns nehmen brauchen wir auch keine Organe. Für unseren Stoffwechsel benötigen wir drei Elemente: Wärme, die Energie beziehen wir ausschließlich von der Sonne, Wasserstoff und der in der Luft vorhandene Sauerstoff. All dies fanden wir auf eurer Erde im Überfluss.
Deshalb ist die Erde für uns ein idealer Planet zum Leben geworden und hier wollen wir auch bleiben.

Das war das letzte was das Alien zu Stefan „sagte“ und die zwei gingen wieder zurück zur unsichtbaren Mauer. Diesmal aber fuhren sie mit einer ebenfalls unsichtbaren Plattform stracks durch die Mauer direkt vor Bazi, Michael und Christian und klickte sich in ihre Gedanken ein.
Denen schlackerten nun die Knie, wie vorher dem Stefan.
Der Eiermann gab einen letzten gut gemeinten Rat von sich:
ihr müsst euch beeilen…………und verschwand.

Danach erzählte Stefan alles haarklein und die vier mussten das Ganze erst mal verarbeiten.Sie tranken aus Christians Apfelweinkanister der Marke „Rote Pumpe“ einen Äppler um sich zu beruhigen.
In Wirklichkeit waren es bestimmt vier oder fünf gewesen. Aber egal, jetzt fuhren alle zu der Lichtung die ihnen der Eiermann

beschrieben hatte. Dort auf einem Hochsitz sollte sich ja Christians Frau Grit befinden. Und tatsächlich lag sie friedlich auf der Bank des Hochsitzes und schlief. Christian packte seine Frau sanft in dem Arm und brachte sie in den Lkw.
Und schon ging‘s ab nach Hause, das heißt nach Frankfurt, um sie der Carmen zu übergeben, die sich mittlerweile super im Hypnotisieren machte. Unterwegs hielten die vier, wann immer es machbar war, an, um Menschen die in ihrem Autos gefangen waren heraus zu helfen.
Sie machten, wie schon so oft zuvor, die Autotüren auf und ließen die Leute ins Freie. Mehr konnten sie nicht für sie tun, denn alles andere würde sie überfordern. Das wusste jeder und musste wie auch immer damit fertig werden.
Sie waren noch nicht ganz nach Frankfurt gekommen - es dauerte so lange weil immer mehr verwirrte Personen vor ihrem LKW herumstolperten- da klingelte Michaels Handy. Seine Susi war dran.
Hi Michael, sagte sie auf ihre taffe Art. Ich habe es nicht ausgehalten und mir gerade ein tolles Wohnmobil „ausgeliehen“, das bei uns auf der Düsseldorfer Campingmesse rumstand, so zehn Meter lang mit nem Smart im Handgepäck. Sie sagte, sie hätte ihre Mutter, ihre Kinder und auch noch ihre Schwester eingesackt und versucht jetzt über die Bundesstraßen nach Frankfurt zu kommen um alle zu enthypnotisieren, wie sie sich so ausdrückte. Über die Autobahn ging nix, da sich die Lkw´s total ineinander verkeilt hätten. Vorher hatte sie noch eine Apotheke geplündert und alles was sie an Beruhigungsmedikamenten und Schlaftabletten finden konnte mitgenommen. Die letzte Apothekerrundschau gabs dann gratis...
Michael sagte: ok, bleibe aber immer mit dem Handy in Kontakt.
Da rief von hinten Stefan spaßeshalber: hi Susi, wenn du bei Hameln vorbeikommst kannst du ja die Martina mitbringen.
Das hätte er er besser nicht gesagt, weil Susi sofort darauf einging und antwortete: iss ok Stefan, sag mir die Adresse, damit ich das Navi füttern kann.

Stefan war nun perplex, gab ihr aber die Anschrift. Na und dann fuhr Susi mit ihrer ganzen Familie (die ja noch nicht bei Verstand war und betreut werden musste) allein mit dem riesigen Wohnmobil nach Hameln.
Getankt hatte sie vorher, dabei musste sie selber in der Tankstelle die Zapfsäule wieder freigeben. Hat etwas gedauert bis sie wusste wie, aber es hat geklappt. Noch ging ja alles, noch war Strom da. Und da die Kühltruhen auch funktionierten nahm sie gleich noch mehrere Häagen Dasz Eiscremes mit. Man gönnt sich ja sonst nix! Was auch erstaunlich war: die Familienangehörigen konnten das Eis auch ohne Verstand aus dem Becher löffeln.

Aber nun zurück zu den Vieren, die ja noch auf der Bundesstraße unterwegs durch den Taunus fuhren.
Nachdem sie alle wieder in Frankfurt waren, nahm sich Carmen der Grit an und los ging‘s mit der Hypnose. Nun erzählte Stefan wie es so seine Art ist, die ganze Story mit dem Alien und alle standen mit offenen Mündern rum und glaubten erst gar nicht was er da so zum Besten gab. Aber es stimmte. Jetzt überlegten alle, was nun zu tun sei und jeder kam auf eine andere Idee. Bis sich der Michael meldete: wir müssen erst mal alles koordinieren. Einen Plan machen. Was ist machbar, was nicht. Was will jeder einzelne für sich und seine Familie.
Gesagt, getan. Ein Plan wurde erstellt. Man kam zu dem Ergebnis, auf eine Insel oder ein Land zu gehen, das technologisch noch nicht so erschlossen war und möglichst keine Kernkraftwerke in der Nähe hatte. Nur der Bazi sagte: ich fahre nach Tann und probiere es zu Hause in meiner Heimat. Dahoam is Dahoam, morgen fahr ich los. Sagt‘s, setzte sich ans Handy und rief seine Familie an. Alle anderen überlegten, ob wir uns mit dem Flugzeug oder mit dem Schiff in Sicherheit bringen sollten. Der Rainair Kapitän verweilte immer noch mit Luca bei uns, die aber beide nun auch zu ihren Familien wollten. Die zwei planten, genau wie unser Bazi, auch am nächsten Tag Frankfurt zu verlassen. Der Pilot wollte Luca noch nach Beziers in Südfrankreich

zurückbringen um seinerseits dann nach Dublin weiterzufliegen, was ja auch absolut nachvollziehbar war. Hatten sie uns doch wirklich schon genug geholfen. Michael sagte: wir bringen euch aber noch mit dem Lkw zum Flughafen nach Egelsbach und machen die Maschine so richtig voll mit Lebensmittel und Medikamenten. Sicher ist sicher.
Was sollten wir nun also tun? Da wir ja in naher Zukunft keinen Flugkapitän mehr hatten, müssten wir uns am Frankfurter Airport einen neuen „besorgen“ was ja bestimmt kein Problem sein sollte, bei dem Personal das dort vorhanden war. Da fand Ralfiebabys Frau Sabine eine Info im Netz, dass ein neues Alida Kreuzfahrtschiff von der Papenburg Werft gerade frisch ausgedockt war. Das Schiff lag zur TÜV - Abnahme schon in Bremerhaven am Kai und sollte den übernächsten Tag der Reederei übergeben werden. Es trug den Namen „Alida Future“, irgendwie schon etwas vorherbestimmend, wie wir fanden.

Und so war die Idee einer Art „neuer Arche Noah“ geboren. Alle waren begeistert. Wir mussten uns nur noch das Ziel aussuchen. Ein Kapitän müsste in Bremerhaven ja bestimmt zu finden sein. Und was und wen sollte man da alles mitnehmen? Fragen über Fragen.
Irgendwie kam man sich schon wie Noah vor und wir überlegten welche Tiere denn Einzug auf`s Schiff halten sollten. Hunde, Katzen, vielleicht ein paar Schafe oder Kühe für die Milch? Und wohin mit dem Getier auf einem Kreuzfahrtschiff?
Wir suchten aber nun zuerst nach einem geeignetem Ziel, unserer neuen Heimat. Der Zufall wollte es und ich hatte kurz vorher im Netz für meine Enkelin Iphis über deren Namen recherchiert und rausbekommen, dass es auf einer Südseeinsel einen Iphisvogel gibt. Klein Iphis wollte mit mir unbedingt dorthin reisen um den Vogel zu besuchen, der ihren Namen trägt und den es einmalig nur dort gibt. Deshalb wusste ich schon so gut Bescheid. Die Insel heißt Ua Huk inmitten der Inselgruppe Marquesas, hat genau 571 Einwohner und ist ein Eldorado der Holzschnitzkunst. Sogar

ausgewilderte Pferde jagen da übers Gelände. Sie liegt in der Nähe von Tahiti und zählt zu der EU, Französisch-Polynesien halt. Die meisten von uns können zwar kein französisch sprechen, aber das war ja auch nicht so wichtig. Hauptsache es waren keine Atomreaktoren in der Nähe. Wir schauten nach, und siehe da, die Gegend war clean.
Außerdem hatte das Reiseziel noch andere Vorzüge. Man brauchte nicht zu heizen und wenn wir Unterkünfte bauen mussten war dies nicht so schwer und man konnte auch jeden Tag im Meer baden. Auch bei der Alida lagen die Vorzüge auf der Hand. Sollte uns das Reiseziel nicht zusagen oder gab es irgendwelche Probleme war es ein leichtes, wieder die Anker zu lichten und ein neues Ziel anzusteuern. Und jeder hatten seine Kabine schon vorreserviert! Alle waren nun begeistert und wir beschlossen in den nächsten Tagen in einer Karawane nach Bremerhaven loszudüsen. Wir mussten nur noch das was uns wichtig war einpacken. Alles andere konnten wir uns ja dann vor Ort „besorgen“.

Mittlerweile war auch Grit wieder unter den Denkenden gelandet und lies sich die ganze Story von Christian und ihren zwei Töchtern erzählen.
Jetzt meldete sich Stefan zu Wort und sagte, wenn wir schon nach Bremerhaven fahren, dann aber bequem. Wir fuhren an die Friedberger Landstraße, da gibt‘s einen Wohnwagenverleih. Also nix wie hin.
Stefan, Christian mit seinen zwei Töchtern, Michael, Ralf und ich fuhren zu dem Wohnwagenvermieter, um uns die Teile anzuschauen. Dort angekommen war keine Menschenseele zu sehen, nur ein Hund bellte jämmerlich. Er war an der Leine und hatte seit Tagen nix mehr zum Fressen gehabt. Wir gaben ihm Wasser und Christian trennte sich von seinem Leberwurstbrot, dass er sich eigentlich selber einverleiben wollte.
Ab sofort hatten wir einen neuen, treuen Freund. Der Schäferhund wich uns nicht mehr von der Seite und die Töchter von Christian adoptierten ihn vom Fleck weg. Wohni sollte er heißen, wegen der

Wohnmobile die wir uns jetzt entliehen. Wir suchten uns die sechs größten aus, damit wir auch viel verstauen konnten. Wir hatten zwar den großen Lkw dabei aber auch da war der Platz limitiert.

Wieder „zu Hause“ bei Ralfiebaby angekommen bezogen wir die beiden Nachbarreihenhäuser, da unsere Gruppe mittlerweile auf über 20 Personen angewachsen war. Ralfiebabys Frau Sabine hatte nämlich in der Zwischenzeit ihre beiden Kinder samt Enkel und Schwiegersohn eingesammelt und der Carmen übergeben. Sie wohnten quasi in der Nachbarschaft und Sabine hatte Glück, sie alle in ihrem Haus anzutreffen.
Alle packten nun ihre Habseligkeiten zusammen und wir verabschiedeten uns von Bazi, dem Rainair Piloten und Luca, dem Zigeuner. Bazi brach dann anschließend mit „seinem“ Wohnmobil in seine Heimat Tann auf.

Das war auch höchste Zeit, denn durch die vielen Toten die nun mittlerweile nach 4 Tagen überall rumlagen, war eine Seuchenepidemie zu erwarten. Und dann waren ja auch noch die Atomkraftwerke. Jeden Moment konnte eins hochgehen und dann war‘s auch mit unser Handyverbindung vorbei, ganz zu schweigen mit einer Internetverbindung. Die Rechenzentren mit ihren Servern hatten dann ja keinen Strom mehr.
Egal, Michaels Handy klingelte und seine Susi meldete sich. Sie sagte ganz aufgeregt, dass sie gerade in Hameln sei und Martina eingefangen habe. Martina hat auf der Straße neben ihrem Haus vor einem Ghettoblaster getanzt, der da wohl schon seit Tagen Hip-Hop Musik zum Besten gab. Martina wollte aber partout nicht mit ins Wohnmobil einsteigen und so hat Susi kurzerhand den Ghettoblaster mit ins Mobilhome genommen. Martina tanzte hinterher und alles war easy.
Seitdem musste Susi sich Hip- Hop Musik anhören damit Martina endlich Ruhe hält. Na, das war ja mal eine gute Nachricht für Stefan gewesen, der sich nun auf die Heimkehr seiner Martina

freuen durfte, genauso wie übrigens auch Michael, der seine Susi erwartete.

Ich selbst versuchte nun mit meiner Anne unseren Sohn und unsere Enkel in Berlin zu erreichen und auch Annes Bruder, der in Andalusien in den Bergen wohnte. Aber es war nix zu machen und wir überlegten schon nach Berlin zu fahren, als sich Annes Bruder Manfred (wir gaben ihm den Spitznamen Don Manfredo) über Skype meldete. Und nun kam der Hammer, neben ihm stand Daniel, unser Sohn. Wir fragten verdutzt was er denn in Andalusien mache. Daniel sagte, dass seine Lebensgefährtin die Kinder (unsere Enkel) in den Urlaub nach Kolumbien mitgenommen hat. Und da er gerade Zeit hatte sei er halt kurzerhand nach Andalusien geflogen um Don Manfredo wieder mal zu besuchen.
Daniel erzählte weiter: Don Manfredo, seine Freundin Ellen und er badeten unten am Fluss als „ES BEGANN“ und nun seien die drei die einzigen die im Dorf noch den Verstand haben. Auch sie berichteten über dieselben Geschehnisse, die auch bei uns eingetreten waren.
Daniel sagte, dass sie sich nicht vorher melden konnten, da das Handynetz zusammengebrochen war. Deshalb seien sie im Nachbarort Gaucin ins Netz gegangen und gottseidank hats ja mit Skype geklappt. Wie sieht‘s denn bei euch aus? Anne und ich waren wie von den Socken. Aber es fiel uns natürlich ein Stein vom Herzen und meine Frau musste weinen vor Glück.

Mittlerweile hatte auch Carmen ihren Sohn samt Schwiegertochter eingesammelt und holte sie samt vier weiteren Nachbarn zurück unter die Denkenden. Das war immer wieder sehr mühselig und sie brauchte immer so um die zwei Stunden pro Mann oder Frau. Nun war sie auch total platt und gab ihr Wissen an Susi weiter, die mittlerweile mit ihrer ganzen Familie samt Martina angekommen war. Und das funktionierte gut. So gut, das Susi anschließend ihre Mutter, ihre zwei Kinder und auch noch Stefans Freundin Martina

„ins Leben zurückholte“. Martinas Kinder waren, genau wie Stefans Sohn, auf Auslandsreise. Eine war in Australien bei ihrem Freund, die andere weilte gerade in Kolumbien. Stefan beruhigte sie. Machen konnte man jetzt sowieso nichts.
Als gerade danach Annes Bruder sich wieder auf Skype meldete und sagte dass es ja übelst langweilig ist im Dorf wenn nur drei Hansels sich unterhalten könnten, schaltete sich Susi gleich ein. Sie gab Annes Bruder nach Andalusien ein Skypeseminar über Hypnose. Don Manfredo nahm das sehr gespannt auf und sagte er probiere es gleich mal an seinem Barkeeper aus. Damit er sich nicht immer selber einschenken muss, lachte er mit der Susi. Ob es geklappt hat ist nicht überliefert.
Anne erklärte ihm nun dass wir am nächsten Tag mit unserem Wohnmobilkonvoi nach Bremerhaven aufbrechen würden, um uns mit der Alida in die Südsee abzusetzen. Er wünschte uns viel Glück, sagte aber dass er lieber in Spanien bleibt, egal was komme. Daniel klinkte sich nun von hinten ein und rief: aber ich komme mit euch. Ich fahre dann auch gleich morgen los. Hier steht eine große Enduromaschine und mit der komme ich ganz bestimmt gut durch bis nach Bremerhaven. Ich denke ich brauche so zwei, drei Tage.
Wer zuerst da ist wartet auf dem Schiff. Wenn ich da bin seht ihr es ja an der geparkten Enduro, wenn ihr zuerst da seit sehe ich`s ja an eurer Wohnmobilkarawane. Also bis bald. Unterwegs probiere ich es immer mal mit dem Handy, vielleicht habe ich ja in Frankreich wieder Empfang. Asta luego, man sieht sich und beide winkten uns via Skype zum Abschied zu.

Es begann der fünfte Tag nach dem ganzen Desaster. Alles war eingepackt, alles verstaut. Essen und Getränke, selbst meinen geliebten Äppler hatte ich mitgenommen, genau wie Christian der ebenfalls ein großer Apfelweinliebhaber ist. Der hatte gleich vier Kanister seines berühmt - berüchtigten „Rote Pumpe Äppler“ in seinem Wohnmobil eingecheckt. Mit sechs Wohnmobilen und davor einem großen Lkw machten wir uns auf die Reise. Michael und Stefan hatten noch kurz vorher eine Schaufel aus Stahl vor den Lkw geschweißt. Damit wollten wir alles wegräumen was uns im Wege stand. Und das war gut so, denn unzählige Autos standen kreuz und quer verlassen auf der Bundesstraße herum, die wir nun mit sanfter Gewalt beiseite schieben konnten.

Bremerhaven

Aber erst nach zwei Tagen und Nächten erreichten wir Bremerhaven.
Und man sah sie schon von weitem in der Sonne funkeln. Die nagelneue Alida Future. Was für ein passender Name dachten wohl alle. Wir stiegen aus unseren Wohnmobilen und schauten in die Höhe. Alle waren beeindruckt von der Größe des Schiffes. Ganze 350 Meter lang. 75 Meter hoch. Platz für fünftausend Passagiere plus Mannschaft. Wow….was für ein Teil.
Der Schornstein rauchte und wir freuten uns schon, dass das Schiff betriebsbereit ist und suchten alsbald den Kapitän oder jemanden der die Maschinen oder die Navigation beherrschen konnte. Aber auf dem ganzen Schiff gab`s keinen, der uns helfen konnte. Bis wir in die Serviceräume kamen. Eine große Gruppe von ca. achtzig Filipinos saßen verängstigt in den Küchenräumen. 70 Männer und 10 Frauen taten sich gerade an den Vorräten gütlich. Im Lager für die Lebensmittel, einen Stock tiefer, fanden wir dann noch 15 Männer, die der Kleidung nach zu dem technischen Personal gehörten.
Susi und Carmen stöhnten schon als sie ihre neuen „Patienten“ sahen!
Wir gingen auf die Brücke um zu sehen, ob wir das Ungetüm selber steuern könnten. Wir hatten ja schon mit Hausbooten viele

Touren gemacht. Aber das war hier eine andere Hausnummer. Alles voller Elektronik. Kein Steuer mehr, nur noch Joysticks und Bildschirme, keine Chance. Was also tun? Wir gingen ins Freie und schauten uns die umliegenden Schiffe an, um vielleicht einen Kapitän zu erspähen. Da erschauerte es uns und wir blieben wie angewurzelt stehen. Direkt vor uns ragte das Heck eines gesunkenen Containerschiffes aus dem Wasser. Gleich daneben ein zweites, noch größeres Schiff, dass kieloben halb im Wasser lag. Überall schwammen zudem hunderte von Container rum. Das schlimmste an dem ganzen war: wir konnten nicht auslaufen, selbst wenn wir einen Kapitän gehabt hätten. Die Ausfahrt war versperrt, da das gesunkene Containerschiff direkt vor uns lag. Sichtlich angeschlagen begaben wir uns an eine Bar und tranken erst mal einen gegen unseren Schock.

Was war wieder mal zu tun? Wir diskutierten, ob wir denn ein anderes Schiff suchen sollten und gingen wieder nach draußen, um eventuell mit dem Feldstecher ein Schiff zu erspähen, dessen Schornstein rauchte. Ein rauchender Schornstein hieße ja, dass vielleicht ein Kapitän an Bord sein könnte!

Michael hielt das Fernglas in der Hand als er stotterte: das gibt‘s doch gar nicht, das gibt‘s doch gar nicht!

Wir schauten nun alle gespannt auf Michael, um zu erfahren was denn jetzt schon wieder los sei. Michael nahm den Feldstecher von den Augen und sagte uns, dass er einen Frachter gesehen habe, der eine orangene Fensterfront habe. Also muss er auf dem Meer in einer orangenen Zone gewesen und erst kürzlich in den Hafen eingelaufen sein. Der Schornstein rauchte ebenfalls und sofort machten wir uns auf den Weg runter von der Alida, hin zu dem Frachter mit den orangenen Fenstern.

Dort angekommen stellte sich heraus, dass es sich um ein deutsches Versorgungsschiff handelte, welches Ölplattformen und die Windparks in der Nordsee betreute. Der Kapitän begrüßte uns ganz herzlich und wir versammelten uns in dem Mannschaftsraum. Die Besatzung bestand aus 15 Mann plus einem Ärzteteam von drei Krankenschwestern und zwei Ärzten.

Wir erzählten unsere ganze Geschichte und dass wir ja an sich mit der Alida zu unserer sicheren Insel fahren wollten, was aber nun nicht möglich war weil die gesunkenen Schiffe uns den Weg versperrten. Irgendwie musste es bei deren ein - bzw. ausfahrt zu einer Kollision gekommen sein.
Hmmm, sagte Kapitän Hansen von Amrum 2, da könnten wir euch vielleicht helfen. Im Hafenbecken vier liegt ein Bergungsschiff. Mit dem könnten wir das Wrack ein paar Meter wegziehen, damit ihr durchkommt. Wir haben die besten Taucher in unserer Crew. Das müssten wir schaffen.
Das war der Hammer. Jetzt hatten wir neuen Mut. Wir diskutierten mit Kapitän Hansen und seiner Manschaft. Wir konnten die meisten davon überzeugen sich uns anzuschließen. Und so hatten wir unseren Kapitän für die Alida gefunden, samt Maschinisten. Was auch sehr wichtig für uns war, dass auch das Ärzteteam komplett mitzog.

Kapitän Hansen nahm nun die gesamte Koordination der Alida an sich und organisierte von der Beladung bis zur Betankung alles nur erdenkliche, was zu einer solchen Schiffsreise gehört. Gottseidank war die Alida schon bis oben hin mit Lebensmittel beladen, da sie ja für die kommende Woche 5000 Passagiere für ihre Jungfernfahrt erwartete.
Aber alles andere erforderte eine Logistik für die man halt doch Profis benötigte.
Uns fiel ein Zentner Steine vom Herzen, denn wir hätten uns wirklich schwer getan mit dieser Mammutaufgabe. Es stellte sich heraus, dass die neue „Alida Future“ mit Flüssiggas angetrieben wurde. Zwar hatte sie auch einen herkömmlichen Dieselantrieb, aber für lange Strecken, und die hatten wir ja vor zu fahren, musste Flüssiggas getankt werden. Das gabs nur in Holland, in Antwerpen, da die deutschen Häfen noch nicht dafür gerüstet waren.
Also auf nach Antwerpen. Aber vorher standen noch viele Aufgaben an. Zum Beispiel die Verteilung der Zimmer. Wir hatten

so viele davon, dass wir nur die Suites und die größten Balkonkabinen bezogen. Danach gings ans auflisten was alles mit auf die Reise gehen soll. Das war unsere Aufgabe. Sollten wir Tiere mitnehmen und wo sollten sie während der Fahrt hin? Wir schauten uns im Netz alle Inseln in der Umgebung von Tahiti an und kamen zu dem Schluss, Tiere mitzunehmen, um uns besser versorgen zu können. Grünzeug als Futter wuchs dort genug und Wasser war auch vorhanden. Ob die paar Tiere die es vor Ort gab überhaupt noch ohne Futter lebten wenn wir ankamen konnte man ja nicht erwarten. Es war ja niemand da der sie füttern konnte, es sei denn die Menschen wären auch in einer orangenen Zone.

Da war dann noch die Frage: was sollte noch alles mit. Was machte Sinn dass man es mitnehmen müsste. Sollten wir noch einen Aufruf für unsere Arche Alida übers Netz machen oder nicht? Platz war ja da und so entschieden wir uns dafür einen Aufruf an alle, die denken konnten, zu starten. Übers Netz, WhatsApp und Facebook.

In der Zwischenzeit fuhr Kapitän Hansen das Bergungsschiff an die zwei Wracks heran und ließ seine Leute tauchen, um die Lage zu sondieren. Nachdem seine Taucher zurück waren, rief er uns an und sagte, dass es wohl 3-4 Tage dauern würde bis wir das Wrack des Containerschiffes wegziehen könnten. So viel Zeit blieb uns also um alles auf die Reihe zu bekommen.

Mittlerweile brachten Susi und Carmen dem Ärzteteam bei wie man hypnotisiert. Das war auch bitter notwendig, da die Gruppe der Filipinos mittlerweile auf über 90 angewachsen war. Und die mussten ja alle ihr Gedächtnis zurückbekommen. Nun waren sie zu siebt, die das wichtige Hypnosehandwerk beherrschten.

Da konnte man sich die Arbeit gut einteilen. Nachdem die ersten Filipinos clean waren durchsuchten sie das Schiff nach weiteren Menschen. Leider wurden nur 14 Leichen entdeckt, die dann von den Asiaten an Land entsorgt wurden. Nur eine einzige Frau wurde lebend in der Krankenstation gefunden. Es war eine

Krankenschwester, die sich in den OP Raum zurückgezogen hatte. Das gute daran war, dass sie dem Ärzte Team alles zeigen konnte wo sich was befand und wie es funktioniert.

Die Filipinos besetzten daraufhin die Servicebereiche wie z. b. die Küche, die Wäscherei usw. Alle Funktionen die sie gelernt hatten wurden auch von ihnen ausgefüllt. Unsere Gruppe übernahm die Rezeption, in der nun alle Fäden zusammenliefen.

Michael installierte noch ein paar PCs. Laufend saß einer von uns davor und suchte jemanden oder hielt Kontakt zu Leuten, die sich uns anschließen wollten. Wir verteilten die Arbeit so, dass immer zwei von uns anwesend waren. Das gab keinen Stress und jeder hatte nun auch etwas Freizeit für sich oder den Partner bzw. die Familie.

Am nächsten Tag hatten wir eine Liste fertig gemacht, in der stand was wir noch alles vom Festland zu holen hatten und teilten dann die Leute ein, die die Sachen besorgen sollten. Wir setzten uns mit Kapitän Hansen zusammen und überlegten ob wir Tiere mitnehmen sollten und wo mit ihnen hin? Da hatte der Kapitän eine gute Idee!

Er sagte, dass er ja mit seinem Frachter hinter der Alida im Konvoi herfahren könne. Platz wäre auf dem Frachter genug, auch für Wasser und Futter. Die Tiere wären an der frischen Luft und verendete Tierkadaver könnten bequem entsorgt werden.

Und was den Sprit betrifft, der kostet ja sowieso nix mehr. Ja, mit Geld, Gold oder Wertpapieren war nun nichts mehr zu machen auf dieser Welt. Keiner konnte mehr etwas damit anfangen. Die meisten hatten ja keinen Verstand mehr und begriffen überhaupt nicht um was es ging und der klägliche Rest der Menschheit, zu dem wir ja nun auch gehörten, konnte es nicht verwerten. Das war schon ein seltsames Gefühl, aber irgendwie faszinierend. Kapitän Hansen sagte, er habe drei Steuermänner und mit der Überfahrt in die Südsee sei das kein Problem. Es könnten maximal 200 Kühe und Schweine mitgenommen werden, das hatte er errechnet. Es musste ja auch noch Platz für Futter und Wasser bleiben.

Wir beschlossen, nun auf die Bauernhöfe aufs Umland zu fahren und die Tiere von den Weiden zu holen. Zehn Filipinos fuhren mit, da sie sich auch anschließend um die Tiere kümmern sollten, setzten aber zuvor durch, dass auch Hühner mitgenommen wurden. In ihrer Heimat macht man halt viele Speisen aus Hühnern, nicht aus Rind oder Schwein.

Und so reduzierten wir die Anzahl der Rinder und Schweine zugunsten von Hühnern, und auch ein paar Schafe fingen wir auf den Deichen ein. In Gedanken sah ich schon einen tollen Heidschnuckenbraten vor mir!

Am Hafenbecken fanden wir zwei große Tiertransporter und wir fuhren aufs nahegelegene Land zu einen Bauernhof. Dort holten wir 80 Milchkühe und auch ein paar Bullen von der Weide. Beim einsacken der Hühner gabs auch keine Probleme, nur bei den Schweinen wurds uns kotzübel. Die hatten keine Nahrung mehr bekommen und waren jetzt nach einer Woche im Stall entweder tot oder in einem derart jämmerlichen Zustand, dass man ihnen eigentlich den Gnadenschuss hätte geben müssen. Wir schauten wieder mal ins Internet und siehe da, es gab ein Biohof ganz in der Nähe. Dort liefen die Schweine auf dem Gelände rum und waren wenigstens einigermaßen genährt, hatten sie ja die ganze Zeit an einem Teich Wasser zum saufen gehabt.

Also nahmen wir gleich alle mit, so um die 80 waren es. Und da die Hühner dort wesentlich besser in Schuss waren als die von dem herkömmlichen Bauernhof, luden wir diese wieder aus und die vom Biohof ein, was vor allem die Asiaten begeisterte.

So ging das den ganzen Tag, bis wir alle Tiere auf einem in der Nähe befindlichen Deich des Hafens zwischenlagerten. Zum Beladen der Tiere auf den Frachter hatte es noch ein Paar Tage Zeit, da sich das mit der Entfernung des Wracks noch hinzog. Die Tage danach besorgten dann die Filipinos das nötige Futter aus den Scheunen der umliegenden Höfe und verfrachteten es im

Schlund von Kapitän Hansen's Schiff. Sie besorgten sich auch jede Menge Gewürze aus ihrer Heimat um die ihnen bekannten Speisen zuzubereiten. Sie hatten sogar verschieden Samen aufgetrieben, die sie später aussähen wollten.

Ja, und da war noch etwas. Da die Filipinos sehr gläubige Katholiken waren, bestanden sie für unsere Mission auf seelischen Beistand. Sie schwärmten aus um einen Pfarrer zu finden, dem man wieder sein Gedächtnis einblasen konnte. Nach sage und schreibe 2 Tagen der Sucherei hatten sie sogar zwei Würdenträger gefunden. Einen davon sogar noch im Talar.

Das Ärzteteam nahm sich zwecks Hypnotisierung sogleich der Beiden an und schon hatten wir für die Alida-eigene Hauskapelle die passende Besetzung.

Einer von den beiden hieß zudem auch noch Peter Braun und wurde natürlich von uns sogleich in „Pater Braun" umgetauft. Den Filipinos und auch allen anderen Gläubigen war damit sehr geholfen, hatten wir doch jetzt zwei erfahrene Seelsorger an Bord. Bisher waren keine Moslems auf dem Schiff und somit war unser Religionsbeistand abgeschlossen.

Noch am gleichen Abend hielten die zwei ihre erste Heilige Messe und stellten die Frage: schickte uns Gott diese Leute (damit meinte er uns und Kapitän Hansen) und ist die Arche gleichzusetzen mit den Geschehnissen aus vergangenen Zeiten? Haben uns die Aliens eine Art Inferno der digitalen Sintflut gebracht?

Eine gewagte These. Sie regt aber schon zum Nachdenken an….

Nun kamen immer mehr Menschen an, die unseren Aufruf im Netz mitbekommen hatten und die in einer orangenen Zone waren. Sie kamen aus Dänemark, Schweden, der Schweiz und sogar eine Familie aus Weißrussland.

Unsere Gruppe nahm alle auf und registrierte sie, mit Blutgruppe und allem drum und dran. Jeder bekam eine Kabine auf einem der beiden oberen Decks. Die unteren ließen wir frei. So konnten wir leichter die Menschen evakuieren wenn das Schiff z.B. in Seenot geraten sollte.

Insgesamt hatten wir 2200 Kabinen zur Verfügung, von denen wir aber nur gut ein Zehntel benötigten. Hinzu kamen dann auch noch die Kabinen der Crew. Da diese aber sehr klein waren, bekamen auch die Filipinos große Kabinen mit Balkon. Gleiches Recht für alle, war ja Logo.

Anne und ich standen am Abend an der Reling auf Deck als wir ein lautes Knattergeräusch hörten, das von einem Motorrad stammen könnte und wir schauten auf die Kaimauer. Ja, und tatsächlich war unser Sohnemann mit seiner Geländemaschine angekommen und zog gerade seinen Helm vom Kopf. Was für eine Freude. Gut gelaunt kam er die Gangway raufgeschlendert und Anne nahm in innig in ihre Arme und drückte ihn ganz fest an sich. Hatte sie sich doch die ganze Zeit große Sorgen um unseren Sohn Daniel gemacht, obwohl er sich jeden Tag zweimal übers Handy bei uns gemeldet hatte. Nachdem wir uns alle untereinander herzlichst begrüßt hatten, begaben wir uns gleich zum Abendessen.

Die Filipinos hatten schon zum zweiten mal die Lunch-Glocke gebimmelt. Alle versammelten sich im Hauptrestaurant, welches wir uns ausgesucht hatten, da es einen direkten Zugang ins Freie hatte, wo man auch bei schönem Wetter sitzen konnte. Die Asiaten hatten sich gleich nebenan zwei a-la-carte-Restaurants ausgesucht, weil sie lieber unter sich bleiben wollten. Sie waren mit mittlerweile über 100 Personen die größte Gruppe außer uns Deutschen.

So, und nun saßen Anne und ich neben unserem Sohn und ließen uns von seiner Fahrt mit dem Motorrad erzählen. Es war ja eine ganz schön lange Tour von Andalusien bis Bremerhaven. Anschließend berichteten wir ihm was bei uns so alles vorgefallen war.

Daniel war Computerspezialist und er sagte: ich gehe Morgen gleich auf Einkaufstour und hole mir alles für die Arbeit für meine

Softwareentwicklung, egal ob es noch eine Zukunft für die digitale Technik gibt. Hin oder her, iss mir egal. So lange ich Saft (Strom) auf dem Dampfer habe mache ich weiter mit meiner Arbeit.

Dafür bekam er Beifall von den Nachbartischen. Nur nicht unterkriegen lassen und ein Ziel haben, das war jetzt wichtig.

Neben ihm saß Michael mit seiner Susi und erklärte, dass er auch auf Einkaufstour gehen würde. Er suche Solaranlagen und sie könnten doch zusammen mit dem Lkw rumfahren.

Daniel sagte sofort zu und ging dann gleich nach dem Abendessen seine Enduro Maschine holen und drückte sie mit laufendem Motor die Gangway hoch. Vor ihm tanzte ein Mann gerade in der Lobby auf die zwei Töchter von Christian zu, die gerade Dienst an der Rezeption hatten. Der tanzende Mann war ca. 30 Jahre alt und kam dem Aussehen nach aus der Karibik. Er hatte eine Rastamähne und eine Reggaekappe auf. Er reagierte schier auf nix und so riefen sie das Ärzteteam. Die nahmen ihn dann mit zum entdummen, wie wir nun spaßeshalber zur Hypnose sagten. Aber sie hatten keinen Erfolg. Auch Carmen und Susi probierten es mit ihm, aber auch sie kamen nicht weiter. Irgendwie war der Bursche immer gut drauf. Vielleicht hatte er ja mal zu viel Drogen genommen oder hatte noch nie so richtig getickt…

Egal, wir gewöhnten uns alle an ihn und er war immer überall und nirgends. Wir gaben ihm eine Kabine, fotografierten ihn mit seiner Mütze und klebten das ausgedruckte Foto an die Türe damit er immer wusste: das ist mein zu Hause, hier ist mein Bett. Und es klappte. Was besonders toll an ihm war, dass er tanzen konnte wie kein zweiter. Die Musik lag ihm im Blut. Wir machten für uns Passagiere am Abend immer im Theater den Filmbeamer an und da gab er sein Können zum besten. Natürlich war ihm am liebsten Bob Marley und seine Reggae Musik. Aus diesem Grund tauften ihn dann auch die Passagiere kurzerhand Bob. Und immer wenn ihn einer mit hey Bob anrief, grüßte er freundlich lächelnd zurück. Mehr war aber auch nicht drin. Aber was solls.

An und für sich war die Gangway zum Schiff nicht bewacht, da ja nur die Menschen, die denken konnten, hereinkamen und wenn mal welche kommen sollten die ihr Gedächtnis verloren hatten, war das ja auch kein Problem. Denen konnte geholfen werden. Aber als ein Filipino eine Ratte verscheuchte die gerade in die Lobby wollte, mussten wir die Gangway bewachen. Wir wollten ja keine Ratten mit in unsere neue Heimat bringen und so holten wir Wohni, unseren Schäferhund, und bauten ihm vor der Rezeption eine grandiose Hundehütte. Wir nannten sie Wohni-Palace. Stefan machte ein schönes Schild und hängte es auf.

Wohni passte nun ab sofort auf, dass keine ungebetenen Gäste die Gangway raufkamen. Und alle die an ihm vorbeikamen schlossen ihn ins Herz. Natürlich bekam er nun ab sofort so viele Streicheinheiten wie noch nie in seinem Hundeleben.

Es waren nun acht Tage seit DEM EREIGNIS vergangen und Kapitän Hansen kam vorbei und sagte, dass sie morgen in der Frühe das Wrack wegziehen wollten. Wenn alles klappt könne man übermorgen mit unserer Reise beginnen. Sagts und verschwand wieder.

Mittlerweile hatten unsere Filipinos das gesamte Lebensmittellager voll geknallt. Wir hatten für unsere ganze Mannschaft Vorräte für über ein Jahr an Bord. Das sollte reichen bis wir an Nachschub kommen sollten.

Die Fahrzeit, so hatte Kapitän Hansen ausgerechnet, würde mindestens vierzehn Tage dauern. Denn wir würden nicht durch die Schleusen des Panamakanals fahren können. Er habe sich auf den Plattformen der Miraflores-Schleusen auf der Pazifikseite sowie den Gatun-Schleusen auf der Atlantikseite anmelden wollen, bekam aber keinerlei Antwort. Die Internetplattformen seien zwar in Betrieb aber buchen könne man nichts. Wahrscheinlich schlenderten die Supervisor der Schleusen gedankenlos am Kanal rum.

Na ja, jetzt mussten wir halt um Kap Hoorn herum fahren und uns durchschütteln lassen, mal schaun was kommt. Der Kapitän sagte nun zu den Filipinos, sie sollten außer den Hühnern alle Tiere wieder frei lassen. Da wir ja nun in Argentinien halt machen müssten und es dort ja die besten Rinder der Welt sowie auch super Bioschweine gab, könnten wir uns ja die Arbeit mit den Tieren auf der Überfahrt sparen.

Jetzt war es natürlich an der Zeit den Internetaufruf zu stoppen, so dass sich nicht noch Leute auf die Reise machten, die uns dann nicht mehr antreffen würden. Das taten wir dann auch und gaben die Info an WhatsApp, Facebook und Co. weiter. Christian hatte gerade Dienst an der Rezeption und saß gutgelaunt mit Ralfiebaby vor den Monitoren und katalogisierte die Berufe der Passagiere. Dies war wichtig, da wir ja vom know-how jedes einzelnen profitieren wollten und auch mussten.

Es stellte sich heraus, dass so ziemlich alle Professionen vertreten waren: Bäcker und Konditoren, Metzger, Gärtner, Lehrer (die sich gleich um die 12 Kinder an Bord kümmerten) und sogar ein Professor der Geologie, eine Kindergärtnerin und ein kahlköpfiger Spätzlefabrikant aus dem Schwabenländle. Viele PC - Fuzzies, Banker, Maschinenschlosser und Mechatroniker. Auch einen Entertainer und ein Bademeister hatten wir unter uns, und, und, und. Heute sollte aber eine Profession der besonderen Art hinzukommen. Vormittags, wir waren gerade mit dem Frühstück fertig kam ein polnischer Schulbus vor die Gangway gefahren. Es waren aber keine Schüler im Bus, sondern eine Gruppe von 10 Prostituierten.

Christian staunte nicht schlecht und wusste nicht, was er in seine Liste eintragen sollte. Beruf Prostituierte? Aber die Mädels sahen nicht nur gut aus, sie hatten auch noch ihr Gedächtnis behalten. Die Armbanduhren der Mädels waren orange und die Zeiger waren durchs gekrisselte Glas kaum zu erkennen.

Was also tun? Susi hatte gerade Dienst an der Rezeption und fackelte nicht lange rum. Sie gab den Mädels, die meisten waren asiatischer Herkunft, 10 Zimmer in dem noch unbelegten Deck sechs zwischen den Filipinos und den anderen Passagieren. Mehr fiel ihr auf die Schnelle nicht ein.

Direkt danach wurde es hektisch. Eine fünfköpfige Familie aus Freiburg war eingetroffen und erklärte uns aufgeregt, dass der schweizer Atomreaktor AKW Beznau an der deutschen Grenze, ca. 80 Kilometer von Freiburg entfernt, hochgegangen sei und sie Hals über Kopf unserem Aufruf folgten. Der Gammaschauer sei superschnell über Freiburg hereingefallen und alle ungeschützten Tiere sind vor ihren Augen an schwersten Verbrennungen zugrunde gegangen.

Sie selber hätten einen kleinen Biobauernhof und jetzt lebten keine Kühe, Hühner oder Schafe mehr. Selbst den Hofhund habe es erwischt. Sie seien dann sofort in die Garage gegangen, ins Auto gestiegen und hatten von innen alles mit Stanniolpapier gegen die Strahlung verkleidet und auch sich selbst damit eingewickelt. Nur einen kleinen Sichtschlitz hatten sie ausgelassen, damit man sah wohin man fuhr. Erst nach etwa 200 Kilometern entfernten sie das Stanniolpapier und warfen es weg. Danach tauschten sie das Auto um kein Risiko einzugehen.

Wir waren schockiert!!

Das war der erste Atommeiler, der hochgegangen war. Bis jetzt war das ja nicht akut und alle hatten es verdrängt, daran zu denken…..

Jetzt wurden Susi, Christian und die, die noch herumstanden, unruhig. Susi rief alle von unserer Gruppe zusammen, um zu beratschlagen wie man mit dieser Hiobsbotschaft umgehen sollte. Das sofort herbeigerufene Ärzteteam nahm die Familie gleich mit, um sie auf Strahlungsschäden und Verbrennungen zu untersuchen. Es sollte sich aber herausstellen, dass sie nicht hochgradig belastet waren. Glück gehabt.

Daniel und Michael schauten derweil im Netz nach und sagten uns, dass sich alle Rechenzentren und Server in Süddeutschland und in der nördlichen Schweiz nicht mehr meldeten.

Out of Order!

Christian fing an eine Todesliste fürs Internet zu machen und trug die ersten Ausfälle ein. Es sollte eine flächendeckende Landkarte der Erde werden….

Gott sei dank war es nur noch ein Tag bis wir losfahren konnten und wir fieberten nun unserer Abreise entgegen.

In der Zwischenzeit entluden die Filipinos einen Container voller Bücher. Unser Professor hatte die Stadtbücherei geplündert und alles nur erdenkliche eingesackt und in einem Container verstaut. Jetzt lies er die Bücher in einen ungenutzten Aufenthaltsraum bringen um eine Bibliothek einzurichten. Eine super Idee, wie wir alle befanden. Sabine erklärte sich auch sofort bereit an der Katalogisierung, dem Verleih und der Pflege der Bibliothek mitzuarbeiten und fing gleich mit dem Einräumen in die von Ikea mitgebrachten Regale an. Die mussten aber größtenteils noch aufgebaut werden, aber Zeit dafür hatten wir ja genügend. Und zum Glück auch eine Aufbauanleitung.

Vor der Bibliothek hatten sich gerade eine oder vielmehr zwei Handvoll Leute versammelt und diskutierten darüber, ob man nicht den Namen unseres Schiffes umbenennen sollte. Von Alida Future auf Arche Future oder vielleicht in Alida Noah. Fast einstimmig sprachen sie sich für Alida Noah aus. Hört sich halt besser an. Gesagt, getan. Wir besprachen das mit unserer Rezeptionsgruppe. Und auch hier waren alle ziemlich angetan von dieser Idee und noch am gleichen Tag kurz nach dem Kaffeetrinken, seilten sich ein paar Filipinos ab und überpinselten das Wort Future mit weißer Farbe. Da war es natürlich gut, dass wir Stefan als Werbetechniker mit an Bord hatten. Er zeichnete in der Zwischenzeit den Schriftzug „Noah“ genau so auf einen Bogen Papier, dass er zu dem der Alida passte und schnitt dann den Schriftzug vom Papier aus, um ihn anschließend mit schwarzer Farbe auf der Bordwand auszumalen. Anschließend versammelten sich fast alle Mitreisenden, um die

Umtaufung auf Alida Noah mitzuerleben. Kapitän Hansen kam extra vorbei und donnerte unter großem Applaus eine Champagnerflasche gegen die Bordwand. Sein Steuermann betätigte von der Brücke aus mehrmals das Horn und lies „La Brise“ von James Last über die Bordlautsprecher laufen. Die Musik war sehr emotional und wir waren nun alle sehr ergriffen: jeder dachte an seine Familie und an seine Heimat und was denn nun so werden sollte.

Am nächsten Tag versuchte der Kapitän mit dem Bergungsschiff „Luna 9“ das Wrack des Containerschiffes wegzuziehen. Aber das hatte sich durch Ebbe und Flut schon zu tief in den Schlick des Hafenbeckens eingegraben und regte sich nicht von der Stelle. Er holte dann noch als Verstärkung seinen Frachter und so zogen die zwei Schiffe gemeinsam an den schweren Trossen. Aber es war nix zu machen. Das Wrack bewegte sich keinen Millimeter.
Kapitän Hansen fuhr mit den beiden Bergungsschiffen wieder zurück und kam zu uns an Bord. Alle Mühe war vergebens gewesen. Die ganze Arbeit von drei Tagen die er und sein Taucherteam für uns gemacht hatten waren fürn Ar.......

Alle Passagiere und Crew-Mitglieder versammelten sich nun im großen Theater. Kapitän Hansen erklärte die Lage und sagte, dass nun sein Plan B greife, den er an und für sich nur im Notfall machen wollte. Er werde mit seinen Tauchern Sprengladungen unter dem Containerschiff anbringen und das Wrack so zerlegen, dass wir darüber fahren konnten. Er mache dies aber nur sehr ungern, da die Gefahr besteht dass die Alida Schäden davontragen könne. Aber es gebe nun keine andere Möglichkeit.
Noch heute verlegen wir die Sprengladungen, die wir zum Glück von unserer Arbeit an den Ölplattformen noch auf unserem Schiff haben, sagte er sehr bestimmend. Apropos Ölplattform. Nachdem wir in Antwerpen unser Flüssiggas getankt haben, müssen wir noch die Männer der Ölplattform abholen. Wir stehen noch immer

in Kontakt mit ihnen. Sie waren wie wir auch in der orangenen Zone, als DAS EREIGNIS stattfand und die Männer wollen sich uns anschließen.

Noch am Abend trieben die Filipinos sämtliche Hühner die wir auf dem Deich zwischengelagert hatten, auf den Frachter, so dass wir am nächsten Morgen keine Zeit verlieren würden.

Am nächsten Morgen dann war die Sprengung für 10 Uhr geplant. Viel später durfte es auch nicht sein, da dann die Ebbe einsetzt und wir zu wenig Wasser unter dem Kiel hätten um unbeschadet über das Wrack zu kommen. Alle Passagiere auf der Alida sollten sich nicht an Deck aufhalten, der Sicherheit halber.

Und dann liesen es Kapitän Hansen und sein Sprengkommando so richtig krachen. Mit 15 einzelnen Sprengladungen zerbröselten sie den Bug des Containerschiffes. Nachdem Entwarnung gehupt wurde gingen wir alle neugierig nach oben und schauten uns an, was von dem Wrack übriggeblieben war. Man sah nur noch das Mittelstück des Containerschiffes. Der Bug war nicht mehr zu sehen und auch das Heck war mit untergegangen. Ganz spontan klatschten wir Applaus und der Kapitän lies die Schiffssirene dreimal heulen. Vom Grund her blubberte es noch ein wenig und irgendwie war dies ein erhabener Moment, da alle wussten: jetzt geht‘s los.

Die Manschaft machte die Leinen los und ganz langsam fuhren wir über das Wrack. Wir hatten laut Echolot nur ganze 20 Zentimeter Platz zwischen der Alida und dem zerfetzten Schiff direkt unter uns. Aber es ging alles glatt und wir nahmen mit beiden Schiffen Kurs auf Antwerpen, um Flüssiggas in unsere Tanks zu füllen, da es, wie schon erwähnt, in Deutschland noch keine Möglichkeiten zum Betanken gibt. Am Tag vorher hatten wir auch noch einmal Schweröl nachgetankt, dass für Kurzstrecken und als Reserve benötigt wurde. Alle Öltanks waren nun voll.

Antwerpen

Es war schon spätabends als wir in Antwerpen ankamen. Es erschauerte uns nun was wir zu sehen bekamen. In der Hafeneinfahrt schwammen Unmengen von Leichen im Wasser und wir konnten uns erst keinen Reim darauf machen. Bis wir 200 Meter weiter die explodierten Gastanks sahen, aus denen noch kleine Feuer loderten. Überall lagen die Schiffe kreuz und quer im Hafenbecken und einige hatten die Kaimauer durchbrochen und steckten fest.

Wir sahen Reste von einem riesigen Containerschiff noch mitten in einem Gastank stecken. Das Containerschiff war wohl nach DEM EREIGNIS steuerlos frontal in einen der Tanks gefahren. Es muss eine ungeheure Explosion gegeben haben, denn alle drei Tanks in der Nachbarschaft sind ebenfalls mit hochgegangen und die Druckwelle muss dann die Menschen mit einer unheimlichen Wucht ins Hafenbecken geschleudert haben, wo sie nun im Wasser trieben. Wir standen alle an der Reling und konnten das ganze kaum fassen. Kapitän Hansen fuhr weiter ins übernächste Hafenbecken.

Wir hatten Glück dass der Liegeplatz vor dem Flüssiggas Terminal frei war und wir legten mit der Alida an. Neben uns vertäute Kapitän Hansen‘s Steuermann den Frachter mit den Tieren. Von einem Hafenarbeiter oder gar einem Tankspezialisten war weit und breit nix zu sehen.

Michael hatte nun auch ein paar Drohnen mit Kameras in Bremerhaven „organisiert“ und lies gleich eine vom Außendeck starten. Nach einigen Runden hatten wir einen Arbeiter auf den Monitoren, der vor einer Pommesbude saß. Stefan und Ralfiebaby setzten sich auf ihre Enduros und fuhren hin, um ihn aufs Schiff zu bringen. Wir brauchten Infos. Kapitän Hansen ging derweil zum Flüssiggasterminal. Überall waren durch die Explosionen die Fensterscheiben rausgeflogen und der Wind pfiff ein unheimliches Lied.

In der Steuerungszentrale angekommen blinkten lauter rote Lichter und ein Alarmsignal heulte. Er und seine Leute wussten nicht was nun zu machen war. Sie kannten sich halt auch noch nicht mit dieser brandneuen Technik aus. Also setzten sie sich erst mal hin und studierten die Steuerungselemente. Aber um dahinterzukommen wie das Betanken funktionierte mussten sie eine Anleitung haben und suchten eilig nach Schulungsunterlagen.

In der Zwischenzeit hatten Ralfiebaby und Stefan den Mann an der Pommesbude ausgemacht. Der wollte aber partout nicht mit aufs Moped steigen und so suchten sie ein Auto, um ihn mit aufs Schiff zu bugsieren. Anders war das nicht möglich. Außer dem Kleintransporter eines Fischhändlers war aber kein Auto zu sichten und sie verfrachteten den Arbeiter kurzerhand auf die Ladefläche.

Und da stanks gewaltig, aber es war ja nur für eine kurze Dauer. Nachdem wir ihn an Bord gebracht hatten und unser Wachhund Wohni ihn ausgiebigst abgeschleckt hatte, wurde der Bursche erst mal zwangsgeduscht. Frisch eingekleidet und mit Riechegut eingestäubt brachten wir ihn dann zum „entdummen“ in den Ärztebereich.

Und das Ärzteteam gab richtig Vollgas. Schon nach rekordverdächtigen 68 Minuten konnte der Arbeiter wieder zurück auf das Terminal gelassen werden.

Er hieß Chandy und kam von Curacao auf den holländischen Antillen. Hoffentlich konnte er Kapitän Hansen die gewünschten Auskünfte geben. Es stellte sich heraus das er eigentlich Tierfilmer ist und gerade zu Besuch bei seinem Onkel sei, der für die Betankung des Flüssiggases zuständig war. Na, wenigstens was. Sein Onkel hatte seinen freien Tag und lebte ca. 20 Kilometer von

Antwerpen weg. Da unser Kapitän auf dem Terminal nicht weiterkam mussten wir uns auf die Suche nach dem Onkel machen.

Es war jetzt schon nach Mitternacht und stockfinster. Aber es pressierte und Michael und ich fuhren mit einem großem Laster los. Wir nahmen zu dritt auf der Sitzbank platz und Chandy erzählte uns auf der Fahrt von einer lustigen Begebenheit während seiner Tieraufnahmen. Wir waren froh darüber mal etwas Lustiges zu hören, lenkte uns das doch ein bisschen von allem ab.

Chandy erzählte dass er in einer Bucht auf der Karibikinsel Tortola gefilmt hatte, wie die Pelikane ihre Fische fingen. Es gibt dort eine Bay in der die Fische zu Millionen zum Ablaichen kommen und das haben natürlich auch die Pelikane mitbekommen. Sie stürzten sich dann mit dem Kopf rasant ins Wasser und holten sich einen Fisch in ihrem Kehlsack nach oben. Um ihn aber schlucken zu können, mussten sie ihn erst mal hochwerfen, in den Schnabel nehmen und erst dann konnten sie ihn runter schlucken. Und gerade diesen Moment, wo sie den Fisch hoch warfen oder schon im Schnabel hatten, nutzen die Seeschwalben aus. Sie klauten den Pelikanen buchstäblich die Fische aus dem Schnabel. Mundraub halt.

Die Seeschwalben konnten ja nicht ins Wasser um Fische zu fangen und holten sich so ihre Mahlzeit. Was aber nun drollig aussah, denn wenn die Pelikane den Fisch gerade in ihren Schnabel bugsieren wollten, schauten sie sich nach rechts und links um. Kommt einer angeflogen oder nicht. Es war zu schön anzuschauen wie sie sich sicher fühlten und dann kam doch wieder so eine freche Schwalbe und stibitzte den Pelikanen ihren Fisch.

Chandy gab noch die ein oder andere Geschichte zum Besten als wir das Haus seines Onkels erreichten. Er war nicht da. Da es stockduster war blieb uns nichts anderes übrig als in dem Haus zu warten und tranken erst mal einen Genever. Es war ungefähr sechs Uhr, es wurde langsam hell, als die Türe aufging und der Onkel reinkam. Er hatte eine kurze Hose an und war total vollgeschissen. Die Hose hatte einen Gürtel mit ner besonderen Schnalle, die er halt ohne Verstand nicht aufbekommen hatte. Wir duschten ihn erst mal gründlich und er hatte auch nix dagegen, ja er schien es sogar zu genießen. Alles war easy und wir packten ihn in unseren Laster und fuhren zurück zur Alida.

Dort war Kapitän Hansen immer noch nicht weiter gekommen und hocherfreut darüber dass wir einen Experten gefunden hatten. Der brauchte aber seine Zeit zu „entdummen“. Ganze 4 Stunden hypnotisierten ihn das Ärzteteam, bis es endlich klappte.

Dann ruck-zuck auf zum Terminal und es dauerte auch nicht lange bis das erste Gas in unsere Tanks auf der Alida floss. Schnell verabschiedeten wir uns nun von dem schrecklichen Hafen, wo immer noch hunderte von Leichen rumschwammen. Auch Chandy und sein Onkel standen während dem Auslaufen an der Reling und schüttelten nur mit dem Kopf.

Wir nahmen nun Kurs auf die Ölplattformen in der irischen See. Kapitän Hansen hatte es den Männern dort versprochen sie abzuholen. Während der Fahrt ging an der Rezeption eine Mail von Luca aus Südfrankreich ein. Anne und Sabine hatten gerade Dienst und holten die ganze Gruppe zusammen. Luca fragte, ob wir ihn nicht in La Coruna in Nordspanien abholen könnten. Die Stadt hätte er sich ausgesucht, weil sie einen großen Hafen hat wo auch die Alida andocken könne. Er schrieb uns, dass er von dem Rainairpiloten nach Südfrankreich zurückgeflogen wurde. Erst sah es ganz gut aus. Danach waren aber im Rhonetal anscheinend mehrere Atomkraftwerke hochgegangen und es kam eine Familie zu ihnen an den Kanal du Midi, die völlig verbrannt war von einem Gammaschauer.

Daraufhin verließen sie fluchtartig ihr Domizil, da das Rhonetal ja genau auf ihren Aufenthaltsort führte. Es war also nur eine Frage der Zeit bevor das Inferno auch zu ihnen kam. Sie fuhren dann mit Sack und Pack nach Nordspanien, da es dort keine AKWs gibt.

Fast jedenfalls. Ein klitzekleines gabs schon im Norden Spaniens, aber das Leben ist halt lebensgefählich, sagte Luca locker. Und jetzt waren sie in La Coruna gelandet und baten uns, dass wir sie abholen sollten.

Wir sagten sofort Kapitän Hansen Bescheid. Er meinte: selbstverständlich holen wir die Leute ab. Sie haben euch ja schließlich auch geholfen und ohne sie wären wir jetzt nicht hier, außerdem liegt es ja irgendwie auch auf unserem Weg.

Christian saß nun wieder vor seinem Todesbuch, um die Eintragungen der hochgegangenen AKWs zu machen. Er recherchierte und tatsächlich, alles was sich von Paris bis zur Mittelmeerküste an Rechenzentren und Serverstationen befand, war ausgefallen. Im ganzen gab es 63 Atomkraftwerke in Europa und allem Anschein nach waren mit den drei im Rhonetal jetzt zusammen vier hochgegangen. Insgesamt, hatte Christian ausgemacht, gab es 453 Atomkraftwerke die weltweit in Betrieb waren.

Christian machte extra einen orangenen Umschlag für seinen Schicksals Almanach und schrieb mit schöner Schrift „Out of Order“ auf die Stirnseite. In der Zwischenzeit gingen unzählige Mails aus der gesamten Welt bei uns in der Rezeption ein und unsere Gruppe hatte alle Hände voll zu tun, sie zu beantworten. Zumal wir ja auch nicht alle Sprachen beherrschten, aber das meiste war sowieso auf englisch.

Wir machten jetzt auch noch einen Aufruf an alle Menschen, die mit uns kommen wollten, für die Häfen in La Coruna und Buenos Aires, in einem Zeitfenster der nächsten 2 Wochen. In der Zwischenzeit waren wir in der irischen See angekommen und sahen bei starkem Seegang schon die Ölplattform.

Wegen der schweren See war es nicht möglich die Mannschaft über eine Gangway zu übernehmen. Also kam der Hubschrauber der Ölplattform wieder mal zum Einsatz. Extra dafür war auf dem Versorgungsschiff von Kapitän Hansen eine Landefläche errichtet worden. Dort landeten jetzt die 24 Männer der Plattform. Vorher hatten sie noch die Förderung abgestellt und die Rohre versiegelt. Die Männer wollten nicht für eine Ölflut verantwortlich sein, soweit sie es natürlich in ihrer Hand hatten. Die Alida wartete gleich nebenan. Alles klappte super und die Mannschaft der Ölplattform konnte an Bord des Frachters genommen werden und außerdem hatten wir ab sofort noch einen Hubschrauber zur Verfügung.

Eine große Erleichterung war bei allen zu verspüren und wir nahmen nun Kurs auf La Coruna, wo Luca mit seiner Sippschaft auf uns wartete. Der Zufall wills und auch der Rainairpilot meldete sich bei uns. Er sei gerade in seinem Haus in Kerry und wünschte uns viel Glück für unser Vorhaben. Er sagte, dass er in Irland bleiben wolle, da es auf der Insel ja keine Kernkraftwerke gäbe und wer weiss, vielleicht geht ja alles gut. Er habe seine Frau gefunden und sie mit der Anleitung von Luca via Skype hypnotisiert. Und dem Himmel sei Dank, nach zwei Tagen hatte es geklappt und sie fiel überglücklich in seine Arme.
Hey Jungs, drückt mir die Daumen sagt er und versprach sich so lange zu melden wie das Rechenzentrum in Dublin noch funktioniere.
Er wolle jetzt dorthin fahren und versuchen eine Solaranlage zu installieren, auf dass der Saft weiter fließt…… so long.

Auf dem weg nach La Coruna tat sich einiges auf Deck sechs.
Dorthin waren die Prostituierten aus Polen untergebracht worden. Die 10 Mädels des horizontalen Gewerbes hatten auf ihrem Deck, auf dem ausschließlich sie wohnten, den Personalraum als Nightclub umgebaut. Hierbei hatten ihnen die Filipinos geholfen, die ja auch gleichzeitig die Hausmeister, also die Facilitymanager an Bord stellten. Mit roten Lichterketten und einem großen Schild, worauf Night Club stand und das ständig an und aus ging. Davor noch ne Lichtreklame mit dem LED - Spruch „OPEN“, der

ebenfalls blinkte. Drinnen war es urgemütlich eingerichtet. Rotes, gedämpftes Licht, erotische Bilder an den Wänden (die Jungs hatten die Playmates aus ihren Playboys geopfert) und ein XXL-Sofa stand dort. Die Manschaft hatten eine schöne Bar hingezimmert, sogar mit einem Piano davor. Alle Achtung. Und schließlich waren es ja die Mädels selbst, die diese Art zu Leben wollten. Und einen Markt gabs ja auch bei über hundert Filipinos, ganz zu Schweigen vom Rest der Passagiere.

Nur irgendwie wussten die Mädels nicht wofür sie „arbeiten" sollten, da das Geld oder andere ehemals wertvolle Gegenstände keinerlei Wert mehr besaßen. So vergnügten sie sich mit den Männern die ihnen sympathisch waren und es war irgendwie eine erotische Disco in der getanzt, getrunken und geschwoft wurde. Ein Deutscher machte den DJ und Bob, unser Reggae Man war natürlich auch dort anzutreffen und schwang seine Hüften.

Das gefiel den beiden Pfarrern natürlich nicht und sie intervenierten beim Kapitän. Der aber befand, dass die „Institution" auf Deck 6 unseres Schiffes zur Entspannung der Situation beitragen könne. Er empfahl es öffentlich zu machen, so dass auch andere Paare und Singles sich dort etwas die Zeit vertreiben könnten.

Er bat die Pfarrer um ihr Verständnis und sagte, dass sie es ja auch selber in der Hand hatten das Beste draus zu machen. Schließlich kämen doch alle Filipinos in ihren Gottesdienst und wer weiß, vielleicht könnten sie ja die Damen aus Polen auch zum Vorbeischauen überreden.

Dann ging er auf Deck 6 um sich den Club anzuschauen. Dort eingetroffen sagte er zu den Filipinos, die mitgeholfen hatten die Bar aus der Taufe zu heben: gut gemacht Jungs und gab ne Runde Schampus aus.

Er sagte: der Club ist gut, aber zu klein. Wir werden ihn im kleinen Musiksalon ansiedeln, der ist dreimal so groß. Dort passen dann mehr Leute rein. Und bat die Filipinos einen Umbau vorzunehmen. Gesagt, getan.

Der Umbau startete noch am selben Tag. Gleichzeitig überlegten die weiblichen Passagiere, was man mit den Läden, Boutiquen und Schmuckgeschäften auf dem Promenadendeck machen könnte.

Da es hierfür keine Betreiber gab aber das Bedürfnis der Damenwelt auf Mode, Schmuck und schöne Dinge, diskutierte man, was man mit diesen Läden und deren Angebote machen könnte. Geld spielte ja ab sofort keine Rolle mehr und jeder könnte sich ja nehmen was er wollte.

Die Damen besprachen die Situation und kamen zu dem Schluss, dass jede/jeder der etwas Schönes sah, es sich nehmen konnte. Dafür sollten sie aber ein Ersatzkleidungsstück (oder Schmuck) abgeben. Sollten sie keinen Ersatz haben, könnten sie das ausgesuchte Teil ja nach einiger Zeit wieder zurücklegen, damit sich jemand anderes daran erfreuen konnte. So wäre bei einem Bummel durch die Geschäfte immer wieder etwas Neues zu sehen und die Läden nicht leer und die Schränke in den Kabinen nicht voll.

Als Erstes legten viele Damen von sich aus mehrere Schmuckstücke ins Juweliergeschäft. Der Goldschmied, der sich bei uns an Bord befand, erklärte sich bereit die Koordination zu übernehmen und wollte gleich in La Coruna von Bord gehen um neuen Schmuck „einzukaufen“. Auch wollte er Material und Werkzeuge besorgen um dann Schmuckstücke zu reparieren, umzugestalten oder auch um neue Kreationen herzustellen.

Er ermunterte auch die Damenwelt selbst zu schneidern und fragte, wer denn mit von Bord gehen möchte um Stoffe oder ähnliches zu besorgen um dann etwas selbst zu nähen. Das großes Echo überraschte ihn und er freute sich wir über die riesige Resonanz. So sollte es dann auch kommen.

La Coruna

Am nächsten Tag legten wir in La Coruna an. Luca und seine Familie winkten schon von weitem am Kai. Sie standen mit ihren zwei alten hölzernen Zigeunerwagen direkt neben einem Fährschiff, dass mitten auf den Kai gefahren war und nun mit dem Bug hoch hinaus ragte, während das Heck auf Grund saß und nicht mehr zu sehen war. In den Schornstein der Fähre war schon Wasser eingedrungen und es blubberte und dampfte so vor sich hin. Unsere beiden Schiffe legten nun hintereinander an der Kaimauer an.

Direkt neben den Zigeunern stand noch ein Eiswagen mit der Aufschrift „Mango Pil-Pil“ und es standen noch andere Leute drum herum.Wir und die Zigeuner freuten uns über das Wiedersehen. Der Goldschmied und mindestens 20 Damen verließen als erstes die Alida um nach Stoffen und Accessoires zu suchen. Danach kamen Luca und seine Familie mit Sack und Pack die Gangway hoch.

Wir begrüßten uns ganz herzlich und es wurde ein feucht-fröhliches Wiedersehen. Wir hatten uns ja auch viel zu erzählen, war ja in der Zwischenzeit ziemlich viel geschehen. Da es schon Nachmittag war, gingen wir ins Außenkaffee auf dem Sonnendeck und genossen unser Zusammensein in der Abendsonne, nicht ohne ein Glas Rosado zu uns genommen zu haben. Luca fragte uns, ob sie nicht ihre zwei historischen Wagen mit an Bord nehmen könnten. Es läge ihnen viel daran und bei einem Schiff von so einer Größe müsste das ja an sich machbar sein. Auch setzten sie sich für die Leute von dem Eiswagen ein, der vor der Gangway stand.

Die zwei Geschwister, die den Eiswagen betrieben, waren mittlerweile auch an Bord gekommen. Es waren Paco Camillo und seine Schwester Gina Lollo. Sie waren die Kinder von einem italienischen Eisvirtuosen und einer spanischen Konditorin. Von ihnen hatten sie das Eis-machen gelernt und das mittlerweile in ganz Spanien berühmte „Mango Pil-Pil“ Eis erfunden. Davon aber später mehr.

Die zwei waren unserem Aufruf nach La Coruna gefolgt und baten, genauso wie die Zigeuner, ob wir denn ihren Eiswagen mit an Bord nehmen könnten. Sie sagten, es wäre ihre Existenz und sie möchten, wo immer wir auch hinkämen, alle Menschen mit ihrem selbstgemachten Eis erfreuen. Wie konnten wir da widerstehen?

Klar, dass wir sofort zusagten.

Und so riefen wir Kapitän Hansen an und der gab den Filipinos die Anweisung die Wagen an Bord zu bringen. Der Eiswagen kam aufs Sonnendeck direkt neben den Pool. Die Zigeunerwagen sollten als Deko ins Theater, quasi als Zwischenstation, bis die Zigeuner sie wieder in ihre Obhut nehmen wollten. Da ihre Wagen wider Erwarten zu groß für die Alida waren, mussten sie total zerlegt werden.

Jetzt meldeten sich fast alle die dabei helfen konnten: die Belegschaft der Ölplattform, die Maschinisten der Alida und alle die was vom Schweißen und Schlossern verstanden. Es wurde gewerkelt bis die Wagen in drei Teile zerlegt waren, danach wurden sie ins große Theater geschafft, wo sie wieder zusammengeschraubt wurden. Für die Handwerker unter uns war es eine willkommene Abwechslung und wir machten am übernächsten Tag eine Abendveranstaltung wo die Zigeunerwagen die Hauptrolle spielten. Dazu machte Luca und seine Familie feurige Musik und es wurde getanzt was das Zeug hielt.

Am heutigen Abend kamen die 20 Damen mit unserem Goldschmied zurück, aber sie wirkten trotz der vielen Stoffe und Accessoires, die sie mit an Bord brachten, verstört. Wir fragten sie, was denn geschehen war und sie gaben uns geschockt das wider was sie gerade erlebt hatten. Als sie von Bord gingen bemerkten sie, dass in einer Ecke vier Gestalten saßen die gerade was aßen und blutige Münder hatten. Als sie näher kamen sahen sie, dass da gerade ein Mensch verspeist wurde. Es war für die Frauen schier nicht zu fassen wie schnell es ging, wenn die Menschen, die keinen Verstand mehr hatten, aus Hunger zu Kannibalen wurden.

Danach gingen sie an einem Lebensmitteldiscounter vorbei. Die Eingangstüre öffnete sich beim Vorbeigehen und sie konnten erkennen, dass viele Leute die Packungen mit dem Mund aufgemacht hatten und daraus etwas aßen. Einer hatte eine Packung Waschmittel aufgerissen und ist wohl an dem Inhalt gestoben. Jedenfalls saß er mit weit aufgerissenen Augen und Schaum vorm Mund vor dem Regal.

Auf der anderen Straßenseite lagen ein paar Leichen herum, die im Anfangsstadium des Verwesens waren und die Vögel pickten an ihnen herum.

Mehr konnten und wollten sie nicht mehr sagen. Daraufhin weinten die Frauen, die uns gerade die unglaublichen Geschehnisse geschildert hatten und gingen wortlos auf ihre Kabinen. Wir standen alle voller Demut da und konnten nichts mehr von uns geben.

Bekamen wir doch gerade vor Augen geführt, in welcher Luxussituation wir uns befanden. Wir hatten ja noch unseren Verstand, uns ging es gut. Wir hatten eine Perspektive und waren mit einem der luxuriösesten Kreuzfahrtschiffe unterwegs wo es uns wirklich an nichts mangelte.

Am nächsten Tag, schon in der Frühe, legten beide Schiffe ab und nahmen Kurs auf den Hafen von Las Palmas auf Gran Canaria.

Kapitän Hansen sagte, dass wir durch das Abholmanöver bei der Ölplattform in der Irischen See schon viel Schweröl verbraucht hatten und er wolle noch einmal auftanken bevor die Transatlantik Überfahrt nach Buenos Aires anstand. Die Gastanks hatte er noch nicht angetastet, da er das Flüssiggas nur dann verwenden wollte, wenn kein Schweröl mehr vorhanden war, da es weltweit kaum Tankterminals dafür gab.

Also fuhren wir bei super schönem, sonnigen Wetter nach Gran Canaria. Es war so um die Mittagszeit als wir das Geräusch eines nahenden Flugzeuges vernahmen. Und tatsächlich. Eine uralte russische Propellermaschine flog dicht über dem Wasser an uns vorbei. Und das mit offener Tür. Daraus winkten uns ein paar Leute aufgeregt mit roten Tüchern zu. Was war denn das, fragten sich alle die sich an Deck aufhielten und schauten der Maschine hinterher. Es dauerte nicht lange und die Propellermaschine kam wieder zu uns zurück und …….. machte im Wasser eine sehenswerte Notlandung, und zwar direkt neben uns. Wir saßen (standen) quasi in der ersten Reihe.

Die Maschine war museumsreif und kam aus Kasachstan. Es war eine uralte, stark demolierte Iljuschin. Dass das Teil überhaupt noch flog grenzte an ein Wunder. Die Passagiere stiegen auf die Tragflächen und warteten bis wir sie abholten. Unsere Mannschaft lies in Windeseile ein Rettungsboot aufs Wasser und sammelte die Leute ein. Es waren acht Frauen und sechs Männer die aus Kasachstan die weite und riskante Reise auf sich genommen hatten.

Alle stiegen ins Rettungsboot, außer einem Mann. Der winkte wie verrückt mit den Händen und bedeutete uns, dass wir zu ihm kommen sollten. Die Flugzeugpassagiere sagten den Filipinos auf dem Rettungsboot, dass er ein Ingenieur sei, der seine einzigartige Erfindung noch an Bord des Flugzeuges habe, ohne die er nicht aussteigen will.

Nachdem die Leute in Sicherheit waren überlegte Kapitän Hansen, was er jetzt machen sollte und kam zum Schluss, dass der Hubschrauber zum Einsatz kommen sollte. Das war für alle ungefährlich und wenn dieser Ingenieur aus Kasachstan mit seiner Erfindung ins Wasser fallen würde, könne man ihn ja problemlos wieder rausziehen. Gesagt, getan.

Die Hubschrauberpiloten der Ölplattform schmissen in Windeseile die Rotoren an und ließen, nachdem sie abgehoben hatten, sofort mit der Winde einen Haken runter, damit der Ingenieur seine Erfindung, was immer das auch war, dranhängen konnte.

Der Ingenieur erfasste dann auch den Haken und machte das erste von zwei Teilen daran fest und zurrte daran, so dass die Helipiloten wussten, dass sie die Winde betätigen sollten.

Die trauten ihren Augen nicht, nachdem sie sahen was da am Haken hing. Es war ein großer Autoreifen mit einem Lenker obendrauf, inklusive einer schwarzen Ledersitzbank. Sie flogen das Teil auf die Alida und legten es aufs Sonnendeck gleich neben dem Pool.

Dann gings zurück um das zweite Teil zu holen. Es war eine Art Leitwerk, wie bei einem Flugzeug. Nur kleiner und mit Düsen drauf. Irgendwie skurril, aber egal. Dann holten sie zuletzt noch den Ingenieur selbst ab (er hatte noch vier kleine Ersatzdüsen in einem Netz über dem Buckel hängen). Sie zogen den Ingenieur in den Heli rein und flogen ihn mit Sack und Pack zur Alida aufs Sonnendeck.

An Bord gab uns mittlerweile der Pilot in bestem englisch zu verstehen, dass sie leider etwas zu spät dran waren um uns noch in La Coruna zu treffen. Da nun der Sprit ihrer alten Propellermaschine ausging, hatten sie sich zu einer Notwasserung durchgerungen. Der Pilot war ein alter Kriegsveteran und schon weit über 80 Jahre alt. Ein Haudegen wie er im Buche steht, mit einer ledernen Fliegerkappe und ner Pilotenbrille aus den zwanziger Jahren.

Er erklärte uns, er habe vom Flugplatz in Kasachstan nur diese alte Maschine nehmen können, ja müssen, da er mit den neuen Jets nichts mehr anfangen kann. Die seien voller Elektronik, das sei nichts mehr für ihn. Und da er der einzige Pilot weit und breit war musste er ja ran, aber das mache ihm nichts aus, im Gegenteil.

Zuvor seien sie alle in der orangenen Zone an einem See beim Baden gewesen und hätten unseren Aufruf per WhatsApp vernommen, nach La Coruna zu kommen.

Die Notwasserung war unsere letzte Chance euch noch zu erreichen. Nach Buenos Aires hätten wir es nicht mehr geschafft.

Sagte es und sah dann wehmütig auf „seine“ alte Maschine zurück. Mittlerweile hatte die Alida wieder Fahrt aufgenommen und das Flugzeug schwamm auf dem Meer, so als wollte es uns goodbye sagen. Jedenfalls ging das Teil nicht unter und schwamm munter weiter……

Alle waren nun sehr angetan von der Rettung der Leute aus Kasachstan und applaudierten spontan. Bevor es aber zum Wodka trinken auf die gelungene Landung kam, gings erst mal an die Rezeption zum Einchecken. Anne und Sabine hatten gerade Dienst und vergaben die Kabinen. Die Leute aus Kasachstan freuten sich über soviel Luxus an Bord der Alida und wähnten sich im siebten Himmel.

Auf dem Sonnendeck stand der Ingenieur mittlerweile vor seiner Erfindung. Er hatte um die vierzig Jahre auf dem Buckel und war so eine Mischung aus Albert Einstein und Jean-Paul Belmondo.

Alle technikbegeisterten Damen und vor allem Herren standen um das Unikum herum und rätselten was das denn für ein Apparat war.

Der Mann stellte sich erst mal vor. Sein Name sei Sergej van der Meeren. Das käme daher, dass seine Mutter bei einem Besuch in Amsterdam ein kleines Techtelmechtel mit einem Holländer hatte. Dann kam er auf die Welt und sein Vater zog nach Kasachstan. Und das, was jetzt vor ihnen stand, sei ein von ihm erfundenes Einradmotorrad. Das einzige voll funktionstüchtige der Welt.

Es lag in zwei Teilen zerlegt vor ihnen und er bat alle Umherstehenden mit anzupacken, um das etwa zwei Meter große Antriebsrad in die Senkrechte zu bringen. Nachdem dies passiert war, montierte er das Leitwerk am Verbindungsrahmen des Antriebsrades und richtete es auf. Schon fuhren zwei

Stabilisatoren aus dem Leitwerk heraus und sicherten das Motorrad, sorry, das Einrad, vorm umfallen.

Es sah schon skurril aus. Der Sattel mit Soziussitz befand sich hinter dem bestimmt 80 Zentimeter breiten Reifen, so dass man direkt aufs Profil schauen konnte. Vorne, und nicht wie etwa bei einem Flugzeuge hinten, befand sich das Leitwerk. Auf jeder der kleinen Tragfläche des Leitwerkes war eine Düse montiert. Außerdem war ein Verdeck zum Ausfahren angebracht, so dass der Fahrer bei Regen nicht nass wurde. Dahinter befand sich ein ganz normaler Motorradlenker mit Gas- und Bremszügen. Das Einrad war für zwei Personen konzipiert und fiel beim Fahren nicht um, da die Düsen am Leitwerk den erforderlichen Schub für die Gegenbewegung erbrachten. Neigte sich das Einrad nach rechts, ging die linke Düse an und gab Schub auf das Leitwerk, das die Maschine nach rechts drückte. Wenn es sich zur anderen Seite neigte sprang das linke an.

So hatte der Ingenieur Sergej van der Meeren sein Computerprogramm für die Düsen entwickelt.
Da dies aber allein noch nicht ausreichte, hatte er in die Antriebsachse ein Magnetrückkopplungsaggregat eingebaut. Das Aggregat sollte erreichen, dass der Reifen die Kraft hatte sich wieder aufzurichten und in die Senkrechte zu kommen, indem er ein Kraftfeld in einem entgegengesetzten Neigungswinkel aufbaute.

Und dann machte Sergej das Verdeck zu und es sah schon irre futuristisch aus, irgendwie wie nicht von dieser Welt. So ein bisschen Star Wars mäßig halt. Das Teil hatte zwei starke Batterien, die er von Tesla geordert hatte und umgerechnet unglaubliche 1800 PS abgaben. Die eine Batterie war unter der Sitzbank, die zweite im Leitwerk verbaut. Bei der Endgeschwindigkeit waren zwar nur 180 Kilometer zu erreichen, aber bei diesem Feuerstuhl war das schon ein Höllenritt in luftiger Höhe.

Sergej erklärte, dass er im Forschungszentrum des Weltraumbahnhofs Baikonur für die Steuerungsdüsen der Satelliten zuständig war. Für seine Erfindung habe er zwei kleine Düsen von seinen Beständen abgeknapst und mit ihnen zusammen das Leitwerk konzipiert. Alles andere wolle er gerne ausführlicher in einem Vortrag im Theater vorstellen.

Am liebsten hätten nun alle Technikbegeisterten gleich eine Runde gedreht, was ja leider nicht auf dem Sonnendeck der Alida möglich war. Sergej bekam die Begeisterung mit und versprach, dass jeder der möchte einmal eine Probefahrt machen dürfe. Nach einer intensiven Einweisung von ihm, versteht sich. Und das Vorhaben sollte dann auch bald kommen.

Wir fuhren weiter in Richtung Kanaren. Die Kasachen richteten sich erst mal in den ihnen zugewiesenen Kabinen ein und Christian checkte wieder einmal wie viele Rechenzentren vom Monitor verschwunden waren. Und das waren diesmal ziemlich viele. Daniel und andere Computerfreaks hatten ein Programm gebastelt, damit man weltweit schauen konnte, ob sich gerade ein Rechenzentrum oder ein Server abgeschaltet hatte. Und man sollte es kaum glauben, schon über die Hälfte der weltweit arbeitenden Server waren vom Netz. Irgendwo im digitalen Nirvana verschwunden.

Ein atemberaubendes Tempo, nur 12 Tage nach DEM EREIGNIS.

Das stimmte uns alle doch sehr nachdenklich und führte uns wieder einmal die Lage vor Augen in der wir uns gerade befanden.

Christian konnte dank des Computerprogramms genau zurückverfolgen, wo die Rechenzentren ausgestiegen waren und ob in deren Nähe sich Atomkraftwerke befanden. Das Ergebnis war eindeutig. Die meisten lagen in unmittelbarer Nähe von Reaktoren. Demnach mussten jetzt schon über 120 AKWs das zeitliche gesegnet haben. Ein hoher Wert in dieser kurzen Zeit!

Die Kanaren kamen in Sicht und Kapitän Hansen steuerte den Hafen von Las Palmas an. Schon von weitem konnte man sehen, dass wir nicht in den Hafen hineinkamen. Viele Schiffe blockierten die Hafeneinfahrt. Sie waren miteinander kollidiert und teilweise gesunken. Keinerlei Chance an den Wracks vorbeizukommen. Also drehten wir wieder ab.

AGADIR

Wir fuhren mit unseren zwei Schiffen nun auf die afrikanische Küste zu, um dort irgendwo anzulegen und Sprit zu bunkern. Der nächstgelegene Hafen war Agadir.

Es war nun schon Abend und Anne und ich nahmen auf dem Sonnendeck unseren Schlummertrunk. Wir gingen in unsere Kabine, machten die Balkontüre auf, um etwas von der warmen Seeluft mitzubekommen und legten uns schlafen. Ich war gerade im tiefsten Schlaf als mich ein „Kikeriki“ aus meinen Träumen riss.

Ein „Kikeriki“? Ich dachte ich träumte noch und hörte nochmal genauer hin. Ja wirklich, es krähte ein Hahn, was sage ich eine ganze Armee von Hähnen. Anne lag neben mir und hatte es ebenfalls vernommen. Wir fuhren aber gerade auf hoher See. Woher also kam dann das Gekrähe? Wir gingen auf den Balkon und trauten unseren Augen nicht. Neben uns fuhr in nur 30 Meter Entfernung unser Frachtschiff, das ja bekanntlich die Hühner geladen hatte. Ja, und da der Morgen dämmerte hatten die Hähne nichts besseres zu tun als ein lautes Kikeriki von sich zu geben.

Wir schauten schmunzelnd hinüber zu den etwa 500 „fahrenden Hühnern“ die sich sichtlich wohl fühlten auf der Amrum 2 und sahen dabei wie sich die Küste Marokkos uns langsam näherte. Die Sonne ging im Osten auf und so langsam legte sich das Gekrähe. Die Amrum 2 übernahm die Führung unseres Schiffkonvois und fuhr vor die Alida um in Agadir als erste anzulegen.

Anne und ich saßen noch im Bademantel auf dem Balkon, als wir aus der Ferne den Ruf eines Muezzins vernahmen. Gleich darauf ertönten dann auch von mehreren anderen Stellen die Rufe des Islam und riefen die Gläubigen zum Morgengebet. Wie elektrisiert lauschten wir dem Singsang der Muezzine, die von den Minaretten kamen, die man nun auch schon schemenhaft erkennen konnte.

Sollte Agadir etwa nicht von DEM EREIGNIS betroffen sein?

Hatten die Menschen in Marokko noch ihr Gedächtnis und warum?

Schnell holte ich ein Fernglas und wir schauten beide in froher Erwartung wie gebannt auf die Küste. Wir kamen dem Hafen nun immer näher und wurden schnell in die Realität zurückgeholt. Kein Mensch war auf den Minaretten der Moscheen zu sehen und auch im gesamten Hafengebiet war nicht ein einziger Mensch zu erblicken. Es sollte sich herausstellen, dass es Tonbandaufnahmen waren, die automatisch zu der vorgesehenen Zeit abliefen und aus den Lautsprechern der Minatetten ertönten. Enttäuscht fuhren wir in den Hafen von Agadir ein.

Direkt vor uns lag ein führerloser großer Katamaran mit der Reklameaufschrift Whale Watching. Unser Kapitän schob mit der Alida vorsichtig das Boot zur Seite, so dass wir in den Hafen kamen. Auch am Kai sah man keine Menschenseele, obwohl wir noch vorher einen Aufruf machten, dass die Leute zu uns kommen konnten. Wir legten an. Wie gesagt, kein Mensch war da, nur ein Schild von Neckermann Reisen: Buchen sie bei uns Kanaren Kreuzfahrten mit der Alida. Na, wenn dass mal keine Ironie ist. Aber egal, Kapitän Hansen und unsere Crew machten das Schiff zum Tanken fertig und gaben ein Zeitfenster von 24 Stunden aus. Wer wollte konnte von Bord. Jetzt kam die Stunde von Sergej van der Meeren. Er lies sein Mega-Einrad mit der Winde auf die Kaimauer hieven. Alle die sich gemeldet hatten, eine Probefahrt zu unternehmen, versammelten sich vor ihm. Er erklärte allen wie das Gefährt funktionierte und fuhr, begleitet mit einer großen Bewunderung der Anwesenden, einige Proberunden auf dem Hafengelände. Jeder hatte eine Stunde Zeit zum Fahren, dann mussten die Akkus eine Stunde laden. In diesem Turnus sollte es weitergehen. Jetzt reizte es selbst den letzten, einmal mit diesem Teil zu fahren. Von unserer Gruppe hatten sich Michael und die Susi gemeldet, sowie auch Stefan und Ralfiebaby. Sie waren auch gleich die ersten, die die 1800 PS unterm Arsch verspüren sollten. Stefan juckte es schon wahnsinnig im Fuß und als die Stabilisatoren hochfuhren lies er zum Unmut von Sergej gleich mal das Rad durchdrehen, und ab ging die Post in Richtung Wüste…

Nachdem Stefan und Ralfiebaby die Stadt verlassen hatten, kamen einige Kamele an ihnen vorbei. Stefan, stets vom Übermut verfolgt, bog in den Feldweg ab und jagte die Kamele vor sich her, bis sich diese wutschnaubend ins Gelände abseilten. Wenn das Ding Fußrasten gehabt hätte, man kann es ruhig glauben, es wären die Funken gespritzt.

Irgendwie musste man sich an den britischen Erfinder Q bei James Bond erinnern, der immer sagte: James, bringen sie mir diesmal zur Abwechslung das Auto einmal unbeschadet zurück!

Nun, auch Ralfiebaby wollte mal das Gefährt testen und so hielten sie an einem Baum, so dass die zwei umsteigen konnten. Generell hatte das Gefährt sage und schreibe drei Stufen die zu erklimmen waren, bevor man sich auf den Sattel setzen konnte. Aber dann hätten erst mal beide absteigen und anschließend wieder aufsteigen müssen. Faulheit siegt halt und so war der Fahrerwechsel neben einem Baum einfacher.

Auch ihm gefiel das Einrad und er versuchte einen Trip im Wüstensand. Klappte einwandfrei. Die Dünen rauf und runter. Ralfiebaby hielt oben auf einer Düne an und blickte genussvoll in die Ferne. Irgendwie fühlte er sich wie Lawrence von Arabien. Der Wüstenwind blies ihm angenehm durch seine schon lichten Haare und er nahm diese schönen Momente voll mit. Doch mit der himmlischen Ruhe war es schnell vorbei. Stefan sagte auf einmal ganz frech auf bestem frankfurterisch: jetzt lasse mers e ma so rischdisch krache und drückte auf den blaue Knopp……

Krysha stand drauf. Das heißt auf russisch Verdeck und sogleich war ein rasselndes Geräusch vom Leitwerk aus zu vernehmen. Ein ockerfarbenes Verdeck überzog die Beiden auf der Sitzbank. Optisch sah dass super in der Wüste aus. Es passte einfach farblich zur Umgebung und man konnte meinen, das Gefährt wurde extra für die Wüste gebaut. Und so fuhren sie denn auch werbewirksam vor die schaulustige Menge, die sich vor der Gangway der Alida positioniert hatten.

Die Beiden stiegen ab und Stefan erklärte, wie es so seine Art ist, alles haarklein. Wie sie ihren Höllentrip mit dem Einrad hinter sich gebracht hatten und was sie so alles unterwegs erlebten. Die wiehernden Kamele inklusive. Das Einrad wurde in der Zwischenzeit aufgeladen.

Susi und Michael durften dann als nächste ran, mussten sich aber noch etwas gedulden. Stefan sagte dann noch vor dem Start, dass sie auf die überall umherliegenden Leichen achten sollen. Man musste auf den Hauptstraßen schon sehr aufpassen, dass man keine überfuhr. Es war schon ein Bild des Jammers : überall lagen die Menschen herum. Verhungert oder verdurstet, mit eingefallenen oder vertrockneten Gesichtern, manche sahen wie Mumien aus. Michael und Susi wussten nicht ob sie sich so richtig freuen sollten auf die Fahrt. Doch sie konnten an der Situation ja nichts ändern und so fuhren auch sie in die Wüste. Aber ohne Verdeck. Susi und Michael waren ja Motorrad- und

Cabriofahrer und so zogen sie natürlich als erstes das Verdeck wieder ein.

In der Zwischenzeit suchte Kapitän Hansen mit ein paar Mann die Öltanks auf, um alles zum Auftanken vorzubereiten. Die zwei Töchter von Christian und Grit gingen mit unserem „Kreuzfahrthund“ Wohni mit, weil der mal Gassi gehen musste. Wohni zog auf einmal wie verrückt an seiner Leine. Er hatte einen anderen Schäferhund entdeckt, der an seiner Laufleine völlig ermattet am Boden lag. Aber er lebte.

Er war total abgemagert und schaute hilfesuchend die zwei Mädels an. Die machten ihn erst einmal von seiner Laufleine los und Wohni schleckte ihn ab.

Der Hund hatte anscheinend die Öltanks bewacht und wahrscheinlich nur dadurch überlebt, dass er direkt neben dem Löschteich der Tanks seine Hütte hatte. So hatte er immer genug Wasser zum Saufen. Der gesamten Leine entlang sah man die Kratzspuren, die er aus Verzweiflung in den Boden gescharrt hatte um irgend was Fressbares zu finden. Anscheinend mit wenig Erfolg. Die beiden Mädels brachten den Schäferhund sofort in unsere Ambulanz. Die Krankenschwestern badeten ihn erst mal gründlich und gaben ihm alle möglichen Spritzen und natürlich was zu fressen.

Zur gleichen Zeit machten Don Alfredo und Martina einen Bummel durch das Hafengelände. Wollten sie doch beide nicht mit auf dem Einrad fahren und interessierten sich auch nicht dafür. Sie kamen an einem großen Lagerschuppen vorbei, worauf ein Reklameschild wirksam montiert war . „ Dattelexport“ stand darauf. Sie machten daraufhin eine große, sehr schwere Eisentüre auf, um zu sehen ob da frische Datteln gelagert waren. Die waren auch in Massen vorhanden und die beiden riefen die Filipinos im Schiff an. Sie sollten gleich mit dem alidaeigenen Gabelstapler vorbeikommen um ein paar Paletten umzuladen. Sie probierten ein paar Datteln die supersüß schmeckten. Sie gingen nun die

Regale ab, um zu schauen was denn noch so alles dort gelagert war. Auf einmal entdeckten sie ein kleines Mädchen, dass mit völlig verdrecktem Gesicht in einer Ecke vor einem Wasserfass stand. Es war sehr scheu und hatte Angst, nahm aber sofort die Hand von Martina und schmiegte sich an sie.

Sie muss die ganze Zeit nach DEM EREIGNIS in dem Lagerschuppen gewesen sein, denn die schwere Eisentüre konnte sie unmöglich öffnen. Da sie genügend Wasservorrat hatte und sich anscheinend die ganze Zeit von Datteln ernährte ging es ihr verhältnismäßig gut.

Martina und Don Alfredo brachten sie umgehend zum Schiff, wo sie Carmen in Empfang nahm und nach einer ausgiebigen Dusche gings dann zur Hypnose. Die Kleine lies aber während der gesamten Zeit nie die Hand von Martina los. Das Mädchen war etwa 5 Jahre alt und sah mit seinem gekräuseltem, schwarzem Haar total süß aus und jeder der es sah schloss es sofort in sein Herz.

Nachdem sie wieder ihr Gedächtnis erlangt hatte, stellte sich heraus, dass sie nur französisch sprach. Das war für Martina kein Problem, da sie als Lehrerin Gott sei Dank der Sprache mächtig war. Ja, und so kam Martina noch an eine kleine Tochter. Ihr Lebensgefährte Stefan fand die Kleine auch ganz toll und so verbrachten die drei wirklich schöne Stunden zusammen.

Nun kamen aber erst mal Susi und Michael wieder von dem Trip mit dem Einrad zurück. Sie waren total begeistert von der ultrahohen Sitzposition. In 2 Meter Höhe über dem Einrad zu sitzen und zu steuern war ein irres Erlebnis. Was noch dazukam waren die spacigen Geräusche, wenn die Düsen am Leitwerk angingen oder wenn im Einrad selber der magnetische Rückkopplungsgenerator ansprang, der das Rad stabilisieren sollte. Diese Geräusche waren so einmalig, man kann sie einfach nicht beschreiben. Das muss man selbst gehört haben.

Nun war es schon spät und das Gefährt wurde mit der Winde wieder in den Eingangsbereich der Versorgungsluke bugsiert und aufgeladen.

Nach dem Abendessen, es lies sich übrigens keiner hier bedienen und alle deckten die Tische mit und räumten dann auch wieder alles ab, skypte unser Bazi aus Tann mit der Rezeption. Don Alfredo und ich hatten Dienst und es wurde ein munteres Geplauder. Wir waren alle froh wieder mal was voneinander zu hören. Es dauerte eine Stunde bis wir uns ausgetauscht hatten. Bazi sagte, bis jetzt gehe es ihnen allen gut und der Ort sei weit und breit der einzige, der in der orangenen Zone gewesen wäre. Wahrscheinlich weil das Schwimmbad mitten im Ort war und der breite Zufluss des Baches die Strahlen gebunden hätten. Wer weiß? Aber egal! Die Leute aus dem kleinen Ort hatten ja viel Landwirtschaft und so konnten sie sich auch gut versorgen. Dann fragte Bazi noch ganz schelmisch: habt ihr eigentlich bei eurer Kreuzfahrt wieder mal außerirdische Mücken gesehen? Wenn da mal wieder welche rumfliegen, sollten wir doch vorsichtshalber kräftig draufhauen, sicher ist sicher! Wir wollten gerade Tschüss sagen, da brach die Verbindung zusammen.....

Christian versuchte anschließend gleich zu rekonstruieren wo der Server von Skype stand. War vielleicht schon wieder ein AKW hochgegangen?

Wie dem auch sei, dem Bazi und seiner Familie gings gut und wir nahmen in der Bar einen kräftigen Schluck auf Bazis freudige Botschaft.

Am nächsten Morgen dann ging es nach dem Frühstücken zum Betanken. Kapitän Hansen sagte, dass alles nur in Zeitlupe funktioniere und wir erst gegen Abend ablegen könnten. Also wurde das Einrad wieder entladen und es durften noch einige Freaks mit dem Teil herumgondeln. Die anderen schauten sich noch mal in den leerstehenden Geschäften um, ob sie noch ein paar Klamotten oder etwas Orientalisches finden konnten. Die

Filipinos holten sich in den Gewürzbasaren so viele Kräuter und Gewürze wie sie kriegen konnten. Und Anne ging mit Wohni gassi.

Es wurde Abend und unser Kapitän lies die Anker lichten.

Fast lautlos fuhren wir den Hafen hinaus und in einen wahnsinnig roten Abendhimmel hinein. Der zweite Steuermann lies wieder mal „La Brise“ von James Last über die Bordlautsprecher laufen, um uns auf andere Gedanken zu bringen. Und fast alle bekamen eine Gänsehaut .

Mit Wehmut sahen wir zurück auf die Lichter der Stadt Agadir, obwohl wir ja an und für sich gar keinen Grund dazu hatten. Aber es berührte einen. Doch auf einmal holte uns die Wirklichkeit in Windeseile ein.

Alle Lichter von Agadir gingen aus. Die Stromversorgung war ausgefallen. Erst im Zentrum der Stadt, dann nach und nach die Randbezirke sowie die angrenzenden Gemeinden. Ja, die gesamte Küste hüllte sich nun in ein unheimliches Dunkel. Nur nach Westen, wo die Sonne unterging, war noch das Abendrot zu sehen. Gespenstisch! Jeder stand nun wortlos an der Reling und dachte an seine Familie, an das was er erlebt hatte und was nun noch kommen sollte.

Der nächste Tag. Kapitän Hansen nahm nun Kurs auf Buenos Aires. Die Fahrt sollte so etwa drei Tage und drei Nächte dauern. Dort mussten wir wieder auftanken und wollten uns auch ein paar Rinder und Schweine besorgen, die ja auf den Frachter verladen werden sollten.

Jeder versuchte nun die Geschehnisse der letzten Tage auf seine Weise zu verarbeiten. Stefan ging in die Muckibude, Christian hing an seinem Computerprogramm und unser Sohn Daniel programmierte ein Computerspiel, damit die Leute beim Zocken mal wieder an was anderes denken sollten, wie er so sagte.

Grit und ihre Töchter gingen auf dem unteren Deck mit Wohni gassi. Sie hatten einen Streifen mit grünem Kunstrasen ausgelegt.

Andere räumten ihre Kabinen auf, die Filipinos gingen tagsüber in den Night Club, Reggae Bob tanzte uns einen auf dem Sonnendeck vor und einige rutschten die Rutschbahn in den Pool hinunter.

Das machte irren Spaß, denn sie war ja auf über 70 Metern Höhe installiert und wenn man runterrutschte kam man durch einen durchsichtigen Tunnel. Der ragte über die Bordwand und man sah das Wasser direkt unter sich. Und so machte jeder so sein Ding.

Es war genau 11.30 Uhr als über die Bordlautsprecher plötzlich Kirchengeläut zu hören war. 5 Minuten läuteten die Glocken über die gesamten Decks auf hoher See. Es war schon irgendwie imposant dem Geläut zu lauschen und es vermittelte doch ein wenig Heimatgefühle. Danach meldete sich Pater Braun und bat, wer denn möchte, zum Gebet in die Bordkapelle auf Deck sieben zu kommen. Der Pater sagte, die Filipinos hätten die Idee gehabt, an jedem Seetag, an dem wir mit unseren Schiffen unterwegs waren, eine Heilige Messe abzuhalten. Immer um die gleiche Zeit. Immer mit einem 5 minütigem Geläut. Die Heilige Messe wurde zudem auch zeitgleich auf die Amrum 2 übertragen.Es kamen so viele Gläubige, so dass schnell umdisponiert werden musste.

Die Kapelle war einfach zu klein für die vielen Leute. Allein die Filipinos waren ja schon mit über 100 Personen gekommen, ja sogar die Mädels vom horizontalen Gewerbe gaben sich die Ehre. Wir gingen in das große Theater und stellten den Altar mitten auf die Bühne. Und so waren dann auch fast alle Passagiere erschienen. Auch Anne und ich, sowie die meisten von unserer Gruppe waren gekommen um die Ansprache von Pater Braun und Pfarrer Davidson mitzuerleben.

Die Messe ging so eine halbe Stunde und die beiden Pfarrer bekamen es super hin alle Leute einzubeziehen, egal ob sie gläubig waren oder nicht. Jeder konnte etwas von der Predigt für sich mitnehmen, so dass sich der Besuch gelohnt hatte.

Später, nach dem Mittagessen ging Carmens Sohn mit seiner Lebensgefährtin von Tisch zu Tisch. Sie fragten was denn jeder einzelne für Fähigkeiten habe und ob sie diese irgendwie den anderen Passagieren vermitteln könnten. Und siehe da es kam ein überwältigendes Potenzial zu Tage.

Der eine war Tanzlehrer, ein anderer war Schreiner, Metzger, Sportprofi, außerdem waren viele Künstler, Musiker und Computerfachleute an Bord. Eine ellenlange Liste. Und viele der Befragten wollten gerne Kurse und Seminare geben. Ja sogar die Küchenmannschaften trugen sich ein und boten Kochkurse an.

Für die asiatische Küche versteht sich.

Hier klinkte sich auch unser glatzköpfiger Spätzlefabrikant ein. Er ging zu den Filipinos und zeigte ihnen was die schwäbische Küche so alles drauf hat. Er fragte den Chefkoch, ob sie denn mal einen „Schwäbischen Tag" machen könnten. Dieser stimmte zu und so bruzzelten und kochten sie alles was im Schwarzwald so usus ist: Flädlesuppe, Maultaschen, Zwiebelrostbraten mit Spätzle, Linsentaler und zum Dessert eine köstliche Schwarzwälder Kirschtorte.

Zum Tagesausklang war dann eine Veranstaltung im großen Theater angekündigt. Aber vorher chillten wir noch auf dem Sonnendeck mit einem kühlen Drink und genossen einen wunderbaren Sonnenuntergang.

Der Abend nahte und wir versammelten uns vollzählig im Theater. Stefan erzählte uns wie er die Außerirdischen getroffen hatte und unsere gesamte Geschichte, die wir als Schachgruppe erlebt hatten. Von Anfang an bis zum Schluss. Und zwar wie immer sehr detailliert und haarklein, so wie es halt seine Art ist. Alle hörten ihm gespannt zu und es war mucksmäuschen still. Anschließend kam seine Lebensgefährtin Martina zu Wort. Sie stellte die neue Schulklasse „ Noah Eins" vor.

Darin waren alle Kinder jeden Altes vertreten und auch ein paar junge Filipinos, die noch Analphabeten waren und lesen und schreiben lernen wollten. Danach kam der Professor mit seinem Part. Er teilte uns mit, was die Befragung ergeben hatte und welchen Kurs man anbieten konnte und wo er stattfinden sollte. Er erklärte auch, welche Bücher es in der von ihm gerade neu eingerichteten Bibliothek gab und wie es denn mit der Ausleihe klappt.

Der interessanteste Tagungspunkt war aber der von Kapitän Hansen. Er sagte, er habe sich die weitere Entwicklung unserer Reise mit der Alida Noah und der Amrum 2 durch den Kopf gehen lassen. Dabei sei er zu dem Schluss gekommen, dass man das Schiff als Reserve in Schuss halten sollte. Keiner könne sagen wie es weitergeht und welche Gefahren noch auf uns lauern. Vielleicht kam ein Tsunami auf uns zu und wir müssten unsere neue Heimat wieder verlassen. Oder eine Epidemie bricht aus. Dann hätten wir mit der Alida Noah einen Ort wo wir sicher wären und könnten jederzeit auch woanders hin fahren, aber nur wenn das Schiff immer betriebsbereit ist. Und dafür brauche man Strom. Viel Strom. Für die Beleuchtung, die Wartung, die Elektronik, und, und, und.

Unser Kapitän sagte, er habe recherchiert und im Netz eine große Solaranlage vor den Toren von Buenos Aires ausgemacht, die große Teile der Stadt mit Strom versorgt. Die müsse man abbauen und aufs Schiff verfrachten um sie in unserer neuen Heimat wieder aufzubauen. Für das Abbauen der Solaranlage und dem Verfrachten brauche er mit seiner Mannschaft und den Männern von der Ölplattform etwa eine Woche. So lange würde die Alida im Hafen liegen bleiben und die Weiterreise sich dadurch verzögern. Außerdem müssen wir uns noch ein drittes Schiff nehmen, da der Frachter Amrum 2 ja schon die Beladung der Rinder übernehmen musste und die Frachträume bis oben hin mit Futter voll sind.

Darüber müsse nun abgestimmt werden. Alle stimmten dafür, denn es war ja sehr einleuchtend was Kapitän Hansen sagte und es

war ja wirklich ein großer Sicherheitsfaktor für uns, wenn wir die Alida Noah als sichere Rückzugsmöglichkeit hätten. Wir fühlten uns jetzt irgendwie gestärkt.
Es kam in uns jetzt auch ein gewisses Selbstwertgefühl auf und die Überzeugung, unsere Zukunft in der eigener Hand zu halten.

Nun kam noch der Erfinder des Einrades Sergej van der Meeren zu Wort. Er erklärte uns noch einmal sein Projekt des Einrades und sagte, dass er etwas neues in petto hatte. Dazu brauche er nur einen großen 3 D-Drucker. Er hatte auch schon einen Standort des Druckers ausgemacht. Das war die Stadt Montevideo. Dort soll sich eine innovative Startup Firma befinden, die eine für südamerikanische Verhältnisse seltenes Gerät besitzt. Das hätte er im Netz recherchiert. Er bat uns und Kapitän Hansen ihn mit dem Helikopter hin fliegen zu lassen, um die Firma zu suchen und das Gerät zu holen.

Sergej hatte ein Brett erfunden, das er „das Dach der Welt“ nannte. Das Bord hatte die Eigenschaft, dass es wie ein Satellit in geringer Höhe über unserer neuen Heimat schweben kann und uns mit allen erdenklichen Daten versorgen würde. Es schwebt gewissermaßen über den Wolken und ermöglicht uns eine Verständigung per Handy, auch via Satellit.
Er hatte vor, mit dem großen 3 D-Drucker ein Bord zu schaffen, dass mit einem intelligenten Luftaustausch plus eigenen Solarantrieb immer an derselben Stelle blieb. Dies konnten sonst nur Satelliten die mit Raketen in große Höhen geschossen wurden. Das Bord würde uns Wetterdaten, geologische Erkenntnisse der Inselwelt und Livebilder unserer unmittelbaren Umgebung ständig zur Verfügung stellen. Den Strombedarf für den Antrieb wolle er mit Solarzellen decken, welche schon Michael für ihn besorgt hatte.
Kapitän Hansen war einverstanden und er lies auch hierüber abstimmen. Da wir nichts zu verlieren hatten stimmten wir

selbstverständlich zu. Nach der Veranstaltung setzen wir uns noch alle an die Bar oder ins Freie und diskutierten sichtlich entspannt unsere Lage.

Der nächste Morgen dann hatte es in sich. Wir saßen am Frühstückstisch und die Sonne schien uns ins Gesicht, als es draußen von jetzt auf gleich völlig dunkel wurde. Warum in aller Welt wurde es plötzlich derart finster?

Wir waren doch auf hoher See, die Sonne schien, keine Welle war zu spüren und Wolken waren auch nicht am Himmel zu sehen. Alles war doch easy. Wir standen auf und gingen die Treppen hoch, die auf das Außendeck führten. Dort blieben wir mit offenen Mündern stehen.

Ein etwa 250 Meter großes, schneeweißes Raumschiff schwebte völlig lautlos neben der Alida Noah. Nur einen Meter über der Wasseroberfläche. Es hatte vorne eine ca. 60 Meter hohe Kugel, dann kam ein längliches Verbindungsteil und am Ende eine etwas kleinere Kugel. Keine Fenster, keine Luken, nichts war zu sehen. Nur eine schneeweiße glatte Metalloberfläche, die das gesamte Schiff überzog.

Nachdem sich herumgesprochen hatte, dass uns die Außerirdischen besuchten, waren nun alle Menschen auf dem Sonnendeck erschienen.

Wir warteten nun was passiert. Als erstes hatte Stefan den Kontakt mit den Aliens aufgenommen, besser gesagt die mit ihm.

Es war der Eiermann, den er schon im Taunus getroffen hatte. Er linkte sich in Stefans Gehirn ein und sagte: na Stefan, da hast du ja gestern bei deinem Vortrag im Theater ganz schön dick aufgetragen. Aber macht nichts, es hat mir trotzdem gefallen. So und jetzt spreche ich zu euch allen.

Der Eiermann linkte sich nun in alle Gehirne der Anwesenden ein und „sprach“ jeden in seiner jeweiligen Landessprache an.

Gleichzeitig gingen die Außenlautsprecher an und verkündeten auf englisch : ihr braucht keine Angst zu haben, wir tun euch nichts und werden dies auch in Zukunft nicht tun. Wie ihr gestern schon Stefans Ausführungen entnehmen konntet, hatten wir keine andere Wahl als so zu handeln. Wir werden uns, wie auch die Jahrtausende zuvor, nicht mehr in eure Belange einmischen, bleiben aber weiter auf der Erde, die ja auch unsere Heimat geworden ist. Wir werden diese, unsere gemeinsame Erde verteidigen und erhalten. Darauf könnt ihr euch verlassen. So, und nun wünsche ich euch viel Glück.

Kaum hatte der Eiermann zu Ende gesprochen, surrte das weiße Raumschiff leise davon.

Wir schauten erst dem Raumschiff hinterher und anschließend uns gegenseitig völlig ratlos an. Wir fragten uns, warum denn die Aliens diese Botschaft höchstpersönlich überbracht hatten. Lag es daran, dass wir die letzte große Gruppe von Menschen waren die sich zusammengetan hatten um zu überleben? Oder etwa an einer gewissen Sympathie unserer Gruppe um Stefan herum? Egal, wir sollten es nie erfahren.

Jetzt erst sahen wir, dass die gesamte rechte Seitenfront der Alida orange eingefärbt war. Und zwar genau dort wo das Raumschiff die ganze Zeit neben uns her schwebte. Das Metall des Schiffsrumpfes war irgendwie orangefarben korrodiert. Die linke Seite aber war weiß geblieben und auch die Fenster der Kabinen waren noch intakt. Was für ein Erlebnis! Dafür waren die nächsten zwei Tage ohne großen Vorkommnisse. Fast.

Unsere Freunde mit dem Eiswagen hatten mittlerweile alle Zutaten für ihr Eis gefunden und die tollsten Kreationen für uns gezaubert. Ein kurzes Klingeln am Pool und schon war die Eissaison eröffnet. Und es wurde ein mega Erfolg. Das ganze Schiff stellte sich an und es wurde geschleckt wie verrückt. Der absolute Hammer war das Eis Mango Pil-Pil.

Es bestand aus Mangofruchtfleisch, einem kleinen Schluck Absinth, etwas Minze und Pil-Pil. Das sind zermahlene Chilischoten und die ließen die ganze Eis-Komposition explodieren. Alle Zutaten zusammen kitzelten Geschmacksnerven heraus, die noch niemals aktiv waren….

Anne hatte Dienst an der Rezeption und bekam einen Anruf von ihrem Bruder aus Andalusien auf ihr Handy via Satellit. Die Verbindung hatte ihr ein IT - Freak vermittelt, der auch die PC Kurse an Bord gab. Die Satellitenkommunikation funktionierte genauso wie alle Navis, die es auf der Erde gab. Die Satelliten im All holten ihren Strom ja über Sonnenkollektoren. Und die können noch Jahrzehnte funktionieren. Das war natürlich auch gerade für Kapitän Hansen zum navigieren interessant.

Annes Bruder Don Manfredo sagte, dass bei ihm alles im Lot sei. Er habe dank des Hypnosekurses via Skype schon das halbe Dorf aufgeweckt und sie hätten ganz tolle Feste daraufhin gefeiert. Leider klappte die Hypnose nicht bei allen und er fragte ob sie ihn nicht mit Luca, dem Zigeuner verbinden könne. Vielleicht könnte er ihm ein paar Tipps geben.

Anne ging mit dem Handy zu den Zigeunern und übergab Luca das Gespräch. Luca sprach mit ihm ganze 20 Minuten und übergab dann das Handy wieder Anne. Die, überglücklich wieder mal was von ihrem Bruder gehört zu haben, versprach ihm sich am nächsten Tag wieder via Satellit zu melden.

Ansonsten verlief die restliche Zeit der Atlantiküberfahrt ruhig und jeder beschäftigte sich aus seine Weise. Wir von unserem Schachverein machten auf dem Sonnendeck ein kleines Turnier und tranken Cuba Libre dazu, was uns sichtlich viel Spaß bereitete. Und aßen Mango Pil-Pil.

Nun war auch schon Buenos Aires in Sicht. Es war spät und unser Blick richtete sich nach Westen, wo wieder einmal ein schöner Sonnenuntergang zu bestaunen war. Wir standen alle an der Reling und genossen die Einfahrt in den Hafen.

Buenos Aires

Wir wollten direkt am Kreuzfahrtterminal anlegen, aber es waren schon zwei amerikanische Kreuzfahrtriesen dort vertäut. Kapitän Hansen aber wollte das Risiko wegen einer eventuellen übergreifenden Epidemie von Schiff zu Schiff vorsichtshalber nicht eingehen. Wer weiß wie viele Tote dort in den Schiffen lagen und was dort gesundheitstechnisch gerade so los war.

Wir fuhren also in den Frachthafen ein und legten mit der Alida Noah und der Amrum 2 direkt neben sehr großen Kränen an.

Da im Hafen der Strom ausgefallen war, gab unser Kapitän das Schiff erst am nächsten Morgen frei zum Landgang. Es war wirklich stockfinster und man konnte schier nichts sehen. Sicherheit geht vor. Gleich nach dem Frühstück lies sich Sergej mit dem Hubschrauber nach Montevideo fliegen um den Drucker zu holen. Montevideo war nur einen Katzensprung von Buenos Aires aus entfernt, quasi nur durch den Rio de la Plata getrennt. Mit dem Navi im Helikopter war flugs auch schon das Gebäude der Firma ausgemacht und sie landeten direkt daneben auf einem großen, freien Platz.

Die Menschen die sich dort aufhielten versteckten sich sofort und so gingen Sergej und der Pilot ins Haus, um den 3 D-Drucker zu suchen. Sie fanden ihn im Dachgeschoss. Sergej schätzte, dass er so um die 200 Kilo mit Untergestell wiegen würde. Ihn mit dem Heli zu transportieren war kein Problem. Aber er wollte ja auch noch das gesamte Kunststoffgranulat mitnehmen. Der Hubschrauber war zwar für acht Personen ausgelegt und demnach ziemlich groß. Aber ob das alles hinein passte? Der Pilot sagte: wir laden erst mal das ganze Granulat ein und dann sehen wir weiter. Also schmiss Sergej das Granulat den Balkon runter und der Pilot lud es ein. Aber es passte nicht alles hinein. Und so hängten sie ein Transportnetz unter den Heli und luden es auch noch voll.

Jetzt kam der 3 D-Drucker dran. Dafür mussten sie das Dach abdecken. Nachdem die zwei gefühlte tausend Dachziegel auf die Straße geschmissen hatten, startete der Pilot den Hubschrauber und flog übers Dach. Sergej hakte den Drucker ein und die Winde begann die Fuhre hochzuziehen, aber das Ganze war zu schwer. Sergej schraubte daraufhin das Untergestell ab, und siehe da, es ging. Sie landeten direkt vor der Gangway der Alida und die Filipinos luden alles aufs Schiff.

Zur gleichen Zeit machten sich Kapitän Hansen und die Männer von der Ölplattform auf den Weg, um nach der Solarfabrik zu suchen. Dort wollten sie die Module abbauen. Sie schlossen die Zündung eines großen Lkws kurz, weil keine Schlüssel zu finden waren und fuhren die Hauptstraße (es war die einzige Verbindung zur Solaranlage) lang. Das ging aber nur kurz, denn vor ihnen war ein Riesenstau und sie kamen nicht weiter.

Irgendwie sah das schon skurril aus. Hunderte von Autos standen vor ihnen und überall waren die Türen geöffnet. Die Menschen hatten sie verlassen und logischerweise wussten sie nicht, dass sie die Türen wieder zumachen sollten. Warum auch? Was also tun? Sollten sie mit der U-Bahn fahren? Auch die U-Bahn führte zur Solaranlage. Diese Bahn war schon 1913 angelegt worden und hatte ein weitverzweigtes Netz.

Als die Mannschaft zur U-Bahnstation kamen loderten Flammen aus dem Treppenabgang und überall stank es nach Verwesung. Die Männer mochten gar nicht daran denken, wie viele Menschen in den Waggons eingeschlossen und darin zugrunde gegangen waren. Nichts wie weg von hier, das dachten wohl alle von ihnen.

Sie fuhren zurück zum Hafen und nahmen nun den Helikopter, der ja gerade wieder angekommen war. Wie schon gesagt, es passten 8 Leute rein, aber sie quetschten sich nun zu zehnt hinein. Samt den

Werkzeugen, die sie brauchten um die Module abschrauben zu können.

An der Solaranlage angekommen sahen sie sich erst mal um, wie sie die Module denn abtransportieren konnten und wie sie aufs Schiff kommen sollten. Glücklicherweise stand direkt neben der Anlage eine Diesellok samt leeren Waggons auf einem der vielen Gleise bereit. Es waren derer 14 und das sollte ja wohl langen. Kapitän Hansen gab die gute Nachricht ans Schiff weiter. Der Heli flog leer zurück und tankte im Ölhafen erst mal auf. Danach gings mit zehn weiteren Männern auf die „Baustelle“, wo auch diese mit dem Abbau der Solarmodule anfingen.

Auf dem Rückweg flog der Pilot über ein riesiges Erdbeerfeld und fragte uns ob denn niemand Lust habe ein paar Erdbeeren zu pflücken. Zeit hatten wir ja genug und für viele von uns war es eine gute Gelegenheit etwas zu tun, was einen mal wieder auf andere Gedanken brachte. Am nächsten Tag dann flogen sage und schreibe fünfzig Passagiere auf die Felder. Der Pilot musste 12 Mal hin und herfliegen, weil er ja auch Proviant für all die Leute samt der Mannschaft von der Ölplattform hinfliegen musste.

Jeder von unseren Erdbeerpflückern schlug sich erst mal den Bauch voll. Zu lecker schmeckten die roten Teile. Danach wurde in Plastiksteigen gepflückt und die Ernte sofort auf die Alida geflogen. Es waren so viele Erdbeeren, dass wir sie gar nicht alle essen konnten und die Frauen machten noch ne leckere Marmelade daraus.

In der Zwischenzeit fuhren die Filipinos, und alle die sich freiwillig gemeldet hatten, mit der Amrum 2 los um die Rinder und Schweine für unsere neue Heimat zusammenzutreiben. Die wollten sie in einem kleinen Viehhafen gleich in der Nähe einladen. Nebenan befand sich ein riesiges Freigelände, wo die Rinder grasten, quasi als Vorstufe zum Export.

Don Alfredo, ganz in seinem Element als Reiter, schwang sich auf einen Gaul und trieb mit den Filipinos die Rinder zusammen. Das klappte super gut und wir konnten sie in aller Ruhe auf die Amrum 2 verfrachten. Mit den Schweinen wurde das leider nix. Die waren in ihren Ställen alle verendet, weil ihnen niemand Wasser oder Futter gegeben hatte. So blieben uns nur die ca. 80 Milchkühe und 40 männliche Rindviecher. Und natürlich noch die Hühner, die wir ja schon in Antwerpen eingesackt hatten. Das dauerte so 3 Tage und anschließend fuhren sie zurück zur Alida.

Mit dem Abschrauben der Sonnenkollektoren vergingen auch die kommenden Tage für Kapitän Hansen und seiner Mannschaft wie im Fluge. Sie verluden mittlerweile die Kollektoren auf die Zugwaggons. Nun ging es los mit dem Transport. Langsam setzte sich die alte Diesellok in Bewegung.

Zwischenzeitlich flog schon mal der Heli die Strecke bis zum Hafen ab und entdeckte auf dem einspurigen Gleis eine ausgebrannte E-Lok, die eine Weiterfahrt unmöglich machte. Die Besatzung sagte allen über Funk Bescheid, dass ein Hindernis das Gleis blockierte. Der Zug mit den Kollektoren rollte dann auch bis zu dem Hindernis. Das Problem war nun, dass die Oberleitung auf die Lok gefallen war und dadurch einen Kurzschluss in der E-Lok auslöste. Alles war verbrannt und die Räder blockierten. Es war nix zu machen. Es ging auch durch Schieben unserer Diesellok keinen Millimeter vorwärts. Was machen?

Unser Kapitän wusste, wie immer, Rat. Wir sprengen sie einfach weg!

Die E-Lok stand auf einem aufgeschüttetem Wall und würde bei einer seitlichen Sprengung hoffentlich vom Gleis abheben und die Böschung runterkullern. So war der Plan. Die Mannschaft der Ölplattform holte dann mit dem Hubschrauber genügend Sprengstoff von der Amrum 2 und brachten sie seitlich an der Elektrolok an…………… Sprengung!!!!

Und tatsächlich, die Lok neigte sich in Zeitlupe zur Seite, verließ das Gleis und stürzte die Böschung hinunter. Alle applaudierten. Darauf mussten wir dann Abends einen trinken. Alles klappte dann reibungslos. Der Zug fuhr direkt vor die Schiffe und die Filipinos entluden ihn mit einem großen Kran auf einen kleinen Frachter, den Kapitän Hansen kurzerhand annektiert hatte.

Der „entliehene" Frachter lag nun direkt neben der Alida und der Amrum 2. Das war ab sofort unser neuer Dreier-Konvoi, mit dem wir dann den nächsten Tag Buenos Aires verlassen wollten. Aber vorher füllten wir noch einmal unsere Vorräte auf. Unser Kapitän lies alle drei Schiffe noch einmal bis zur Halskrause volltanken, auch den Helikopter.

Als fast alles abgeschlossen war, ließen Ralfiebaby und Stefan eine Frage vom Stapel. Beide waren die größten Fans von guten Rindersteaks und hatten da eine Idee!

Hallo Leute, rief Stefan den Männern um Kapitän Hansen zu.

Wir sind doch in Argentinien und hier gibts die besten Steaks der Welt. Was haltet ihr davon, wenn wir uns ein paar davon aus den Exporttiefkühllagern holen. Der Strom war ja nur kurz ausgefallen und die Teile müssten ja noch eingefroren sein. Es war die helle Begeisterung unter der Mannschaft. Da hatten Ralfiebaby und Stefan genau den Nerv der Männer getroffen.

Also nix wie raus mit dem Gabelstapler von der Alida und rein in das Kühlhaus, das Argentinische Rindersteaks im „ Angebot" hatte. Es befand sich, wie alle Kühlhallen, in unserer unmittelbaren Umgebung im Frachthafen und die Filipinos plünderten das gesamte Lager. So viel, dass fast die Klappe der Alida nicht mehr zu ging.

Am Abend dann, es war der fünfte Tag in Buenos Aires, legten alle drei Schiffe ab.

Wie immer spielte der zweite Steuermann „La Brise" von James Last über die Bordlautsprecher ab und wie immer kam bei uns allen wieder Wehmut auf. Und wie fast immer fuhren wir in den

Sonnenuntergang hinein. Richtung Falklandinseln, um dann Kap Hoorn zu umrunden.

Am nächsten Mittag veranstalteten wir dann ein Barbecue. Die Steaks waren während der Nacht aufgetaut und uns lief schon beim Gedanken an ein saftiges Steak das Wasser im Munde zusammen. Wir waren jetzt auf über 600 Passagiere angewachsen und brachten es fertig 1400 (in Worten Vierzehnhundert) Steaks zu essen. Und das waren alles ziemlich große Teile. Wow……

Falkland Inseln

Gut gelaunt kamen wir denn auch spät abends mit unseren drei Schiffen an den Falklandinseln vorbei. Die Inseln waren ja immer noch britisch und wir sahen schemenhaft den Union Jack an einem Mast wehen, der auf einer Klippe vor einem Leuchtturm gehisst war. Der leuchtete aber nicht mehr. Wahrscheinlich war der Strom ausgefallen. Dafür war ein paar hundert Meter weiter ein weiterer Leuchtturm aus längst vergangenen Zeiten aktiv. Je näher wir kamen, um so besser konnte man die orangenen Fensterscheiben des Leuchtturms sehen. Aha, dachten wir. Da ist ja wieder mal eine orangene Zone, wo sich Leute mit Verstand aufhielten.

Der Leuchtturm musste schon uralt sein. Er war sehr stark angegriffen und es fehlten hier und da ein paar Steine und auch das Dach war nicht mehr vorhanden. Aber er leuchtete. Irgendjemand hatte Feuer im Innern gemacht und es flackerte schön heimelig durch die orangenen Fenster, anscheinend um uns vor den Gefahren zu warnen. Wir hatten ja unser Satellitennavi und waren Gott sei Dank nicht darauf angewiesen. Aber trotzdem vielen Dank, dachten wir.

Bis auf einmal eine Morselampe unmittelbar neben dem Leuchtturm an und ausging. Kapitän Hansen wies den Steuermann an, die Morsezeichen zu übersetzen, lies dabei aber unseren Schiffskonvoi keine Sekunde aus den Augen. Die Gefahr auf eines der Riffe aufzulaufen war zu groß.

Der Steuermann sagte, dass der Leuchtturmwärter, seine Frau und seinen beiden Kinder Hilfe brauchen. Seine Frau sei verletzt und er komme nicht mehr alleine weg. Kapitän Hansen schaute durch das Fernglas und sah die Familie winkend auf den Klippen stehen.

Die Frau saß gefesselt auf einem Stuhl und hatte ein Bein geschient. Wahrscheinlich war es gebrochen. Hmm. Was tun?

Mittlerweile war es schon Nacht und Anlegen war nirgendwo möglich.

Also entschied sich Kapitän Hansen den Hubschrauber starten zu lassen. Es wurden von der Amrum 2 Morsezeichen zum Leuchtturm geschickt, dass sie mit einem Helikopter kommen würden. Der Leuchtturmwärter und seine Familie sollten sich schon mal fertig machen, der Heli käme in einer halben Stunde und würde sie abholen.

Nun kam auch noch starker Wind auf und die See wurde rauer. Aber der Pilot sagte, dass es kein Problem sei und startete den Helikopter. Er flog zu der Familie, die auf den Klippen auf ihn wartete. Der Copilot lies mit der Winde ein Transportnetz hinunter und einer nach dem anderen wurde hochgezogen. Sie flogen zurück. Die See war mittlerweile so rau geworden, dass die Amrum 2 in der Dünung hoch und runter ging und der Heli nicht mehr landen konnte. Die Piloten seilten daraufhin die vier vom Leuchtturm mit dem Transportnetz wieder ab. Sie ließen den Kapitän wissen, dass sie nach Punta Arenas hinüberfliegen würden. Dort auf dem Flughafen würden sie dann auf den Schiffskonvoi warten, der ja dann am nächsten Tag vorbeikommen würde. Der Konvoi stand ja gerade vor der Umrundung des Kap

Hoorns. Gesagt, getan. Die Piloten nahmen Kurs auf Punta Arenas, dem letzten Hafen vor der Antarktis……

Der britische Leuchtturmwärter mit seiner Familie wurde sogleich von Grit und ihrer Tochter, die gerade Dienst in der Rezeption hatten, in Empfang genommen. Der Mann sagte, dass seine Frau ihren Verstand verloren habe und orientierungslos von einer Klippe gestürzt sei.

Das Schiff schaukelte schon gewaltig hin und her und Grit befreite erst mal die Frau von ihren Fesseln. Sie setzte sie in einen Rollstuhl, der sich an der Rezeption befand und fuhr sie direkt zum Ärzteteam. Die Filipinos kümmerten sich sogleich um das leibliche Wohl der Familie und zauberten zu so später Stunde ein kräftiges Abendbrot mit heißem Tee aus dem Ärmel.

Nachdem die Ärzte der Frau des Leuchtturmwärters einen Gips verpasst hatten gings dann auch gleich mit der Hypnose los. Aber es gelang nicht sofort.

Selbst beim zweiten Anlauf scheiterten sie und holten Luca dazu. Aber auch der brauchte vier Stunden bis es klappte!

Ob es am Seegang lag? Der Sturm tobte und vielen wurde es so schon übel. Bei dieser Gelegenheit probierten wir es nochmal mit Bob, unserem sympathischen Reggaeman aus der Karibik. Vielleicht klappte die Hypnose ja bei Seegang. Aber es war wieder nix. Irgendwie muss Bob eine verschärfte Sturzgeburt gehabt haben oder so ähnlich.

Kap Hoorn

Die Umrundung von Kap Hoorn verlangte den drei Kapitänen und deren Steuermännern alles ab. Es war ein turbulenter Ritt auf den Wellen. Es war eine Fahrt mit Seestärke zehn und mancher der

Passagiere feierte mit dem Steak vom Barbecue ein unerwünschtes Wiedersehen!

Am nächsten Morgen dann erreichten wir die Hafeneinfahrt von Punta Arenas. Aber der Konvoi konnte nicht durch die zerklüfteten Felsen in den Hafen hineinfahren, da gekenterte Schiffe die Zufahrt unmöglich machten. Also starteten die Piloten den Helikopter und flogen zur Amrum 2, nachdem sie vorher noch am Flughafen aufgetankt hatten. Auf dem Schiff ankommen erzählten sie, dass auf dem gesamten Gelände des Flughafens nicht eine Menschenseele zu erblicken war und rätselten, wo denn die ganzen Menschen abgeblieben waren. Weder auf dem Flughafen noch in der daneben liegenden Stadt. Seltsam…

Niemand war da. Na ja, fast niemand. Denn sie fanden einen Touristen aus Italien, der sich unter einem Boot versteckt hatte. Warum auch immer. Das wusste keiner, natürlich auch der ausgemergelte Italiener selber nicht. Den Ausweispapieren nach war er Luigi Canestone und gerade mal 17 Jahre alt. Sie brachten den verängstigten Luigi erst einmal zum Duschen ins Bad vom Ärzteteam. Danach wie immer gings zum „entdummen“.

Aber genau wie bei der Frau vom Leuchtturmwärter gabs große Probleme bis es mit der Hypnose klappte. Auch Luca war dabei und schüttelte nur den Kopf. Würde es jetzt immer so sein, dass die Hypnosephase so lange dauert? Oder ging bald gar nichts mehr?

Dem wollte, ja musste Luca nachgehen und ging zu Anne. Sie sollte versuchen ihren Bruder anzuskypen. Luca wollte erfahren ob Don Manfredo bei neuen Hypnotisierungen in seinem Heimatort Cortes in Andalusien dieselben Erfahrungen gemacht hatte. Anne probierte es. Und es klappte. Don Manfredo sagte, er habe das gleiche Problem und es gelinge ihm jetzt überhaupt nicht mehr, jemanden „zurückzuholen“.

Er fragte Luca, ob er ihm denn ein Paar Tipps geben könne. Luca sagte nur, du musst Geduld haben. Bei uns klappts jetzt auch erst nach 5-6 Stunden. Die zwei tauschten sich noch aus und Luca übergab Anne das Gespräch, die sich natürlich wieder mal freute, mit ihrem Bruder sprechen zu können.

Wir fuhren mit unserem Schiffskonvoi weiter und kamen so langsam in die Südsee. Die Gegend von Französisch-Polynesien war aber noch weit entfernt. Das Gebiet war sehr groß um Tahiti herum und wir mussten mindestens noch zwei Tage fahren, bis wir unser Ziel erreichen sollten. Irgendwie fühlte sich alles etwas lethargisch an und ich erinnerte mich an ein Lied der „neuen Deutschen Welle“: Monotonie in der Südsee. Und summte den Song so vor mich hin.

Unser Erfinder Sergej hatte mittlerweile den 3 D-Drucker angeschmissen und hatte Glück, dass Daniel sich super gut mit der Programmierung auskannte und so hatten er und die Computerfreaks ein Bord erschaffen. Es kam ein drei Meter langes Kunststoffbord heraus mit zig Löcher, damit es sich durch die ständige Luftbewegung, fast ohne Energie zu verbrauchen, in der Luft halten konnte. Das Teil musste natürlich vor seinem eigentlichen Einsatz ausprobiert werden. Es sollte ja so schnell wie möglich für die Navigation und Telekommunikation zum Einsatz kommen. Aber als erstes hatten die Freaks an der Unterseite eine Halterung für zwei Personen angebracht. Dort angeschnallt, konnte man mit dem Ding bis über tausend Meter hoch steigen. So etwa wie mit einem Paragleiter oder einem Lenkdrachen für zwei Personen.

Nur mit einem atemberaubenden Tempo. Sergej hatte die Ersatzdüsen an allen vier Enden des Bordes befestigt, so dass die Navigation ein Kinderspiel war. Als erstes flog er ne Proberunde mit Ralfiebaby. Senkrecht hoben die zwei von der Alida ab und schossen hoch auf 1200 Meter über der Südsee. Sie flogen kreuz und quer, testeten das Teil auf Herz und Nieren und hatten ihren Spaß dabei. Die Aussicht auf das glitzernde Meer und unseren Schiffskonvoi war ja auch sensationell. Total begeistert kamen die beiden aufs Sonnendeck der Alida zurück und wurden mit tosendem Beifall empfangen. Anschließend gings genauso wie mit dem Einrad weiter. Jeder durfte mal mitfliegen. Allerdings navigierte Sergej das Bord mit seiner Fernsteuerung vom Boden aus. Alle waren hin und weg!

Christian bearbeitete mittlerweile wieder seine Liste der abgeschalteten Rechenzentren und der ausgefallenen AKWs. Anne und Susi gingen mit den zwei Hunden Gassi. Die hatten sich schwer angefreundet. Waren ja auch Männchen und Weibchen.

Wohni machte einen sehr glücklichen Eindruck und man konnte schon auf Nachwuchs hoffen. Der Hündin verpassten wir den Namen Felicitas, die „Glückliche", weil sie ja das Glück hatte, dass wir vorbei kamen und sie retteten.

An der Rezeption hatten gerade Carmen und Martina Dienst und recherchierten via Skype, Satellitentelefon und Funk, ob etwas von unseren Angehörigen zu erfahren war und natürlich auch was sich so alles in der Welt sonst noch tat. Das wurde aber täglich weniger. Immer mehr Rechenzentren und Server fielen aus, genauso wie die Stromversorgung der Städte. Christian sagte, dass weltweit nur noch fünf Prozent der Rechner am Netz seien. Dasselbe galt auch für die Fernsehstationen, welche noch auf Sendung waren, wenn auch ohne Programm. Bei den AKWs ging er davon aus, dass mindestens einhundert allein in Europa hochgegangen waren. Ein Desaster.

Irgendwie wollten wir gar nicht so richtig darüber nachdenken und verdrängten das Geschehen.

So etwa zweihundert Seemeilen vor Tahiti sahen wir schon die ersten kleinen Inselchen mit schneeweißen Stränden im türkisfarbenen Wasser liegen. Ein Idyll. Wir standen alle an der Reling auf dem Sonnendeck und genossen das Szenario. Einmalig, wie verzuckert lagen die Eilande vor uns, die Palmenwälder bedeckten die kleinen Hügel und man sah sogar ab und an

Meeresschildkröten am Strand. Neben dem Schiff begleiteten uns jede Menge Delphine und es waren tausend Sonnen am Himmel.

Ich mixte für mich und meine Frau einen Drink an der Bar und ging danach wieder zu Anne an die Reling zurück. Dort regte sich hektisches Treiben.

Alle deuteten auf eine kleine Insel, die so 5 Seemeilen vor uns lag. Ich schaute nun genauer hin und tatsächlich lag ein Flugzeugträger auf einem Riff, schräg havariert im Wasser. Wir kamen nun näher und man konnte sehen, dass die Spitze des Buges weggerissen war und Wasser durch ein riesiges Loch in den Schiffsrumpf eintrat. Es war der amerikanische Flugzeugträger „Nimitz“ der nun gestrandet vor uns lag.

Er lag schräg auf der Seite und ein Flugzeug hing sogar noch an dem Abschusskatapult. Dann noch ein weiteres, das gerade durch einen Aufzug nach oben unterwegs gewesen sein musste. Das Flugzeug hing eingequetscht zwischen den Decks und es ragte nur eine Tragfläche auf die Landebahn heraus.

Der Flugzeugträger musste mit einem Containerschiff kollidiert sein. Überall schwammen Container herum und auch an den Stränden waren sie schon angespült worden. Irgendwie sah es so aus, als wenn Kinder ihr Lego im Zimmer verstreut hatten. Das hatte aber auch schon etwas, da die bunten Container einen irren Kontrast zu dem türkisfarbenen Wasser und den weißen Stränden boten.

Das Containerschiff musste hier irgendwo gesunken sein und Kapitän Hansen lies sofort alle drei Schiffe stoppen, damit wir nicht auf das Wrack auflaufen. Also stoppten die Kapitäne nicht nur ihre Schiffe, sondern legten auch gleich danach den Rückwärtsgang ein, so dass sich der Bremsweg verkürzen sollte. Sicher ist sicher!

Dadurch wurde aber eine gewaltige Welle ausgelöst, die dem Flugzeugträger den Garaus machen sollte. Alle drei Schiffe kamen so etwa gute 2 Seemeilen vor dem Flugzeugträger zum stehen. Nun konnte man mit aller Genauigkeit sehen, wie die ziemlich große Welle, die wir erzeugt hatten, dass Meerwasser in das Innere der „ Nimitz“ drückte.

Der Flugzeugträger bekam nun Übergewicht und versank blubbernd im türkisfarbenen Meer, direkt vor einer idyllischen Insel. Nur das Heck schaute jetzt noch heraus, da das Schiff nun auf Grund lag. Von Menschen war weit und breit nichts zu sehen. Na ja, die „Nimitz“ musste ja bestimmt schon seit zwei Wochen dort gelegen haben.

Nachdem nun Kapitän Hansen die Lage des Wracks lokalisiert hatte und keine Gefahr mehr vorhanden war, setzten wir unsere Fahrt fort.

Am nächsten Morgen dann, gleich nach dem Frühstück, gingen wir wieder nach oben auf das Sonnendeck und hielten Ausschau nach Tahiti. Die Insel müsste bald vor uns auftauchen, sagte der zweite Steuermann durch die Bordlautsprecher. Und das war ja unser Ziel. Unsere neue Heimat.

Von hier aus wollten wir die Inselwelt besiedeln. Das Eiland Ua Huka und viele andere kleinen Inseln des Marquesas Archipels von Französisch-Polynesien.

Man sah jetzt schon eine größere Insel am Horizont auftauchen und anstatt über die Bordlautsprecher zu sagen, dass wir Tahiti erreicht hatten, lies der zweite Steuermann wieder mal „La Brise“ von James Last laufen. Und erneut berührte es unsere Herzen und viele fingen an zu weinen.

War es doch wirklich ein großer Moment, der alles für uns verändern sollte. Kapitän Hansen lies den gesamten Konvoi stoppen und vor Anker gehen. Er hatte eine kleine Rede vorbereitet und die Filipinos hatten schon die Cocktails zurechtgestellt. Und so erhoben der Kapitän und alle Mitreisenden ihr Glas und tranken auf eine gute Zukunft. Wer eine Sitzgelegenheit ergattern konnte, setzte sich mit dem Getränk hin und sprach mit seinen Nachbarn. Das taten Anne und ich auch.

Dabei setzte sich eine größere Mücke, ja man kann schon sagen eine Pferdebremse, auf die Hand von Stefan, der direkt mit seiner Martina neben uns saß.

Wir dachten, dass die Bremse von dem Frachter mit den Kühen hinter uns kam, aber dem war nicht so. Stefan wollte die Bremse von der Hand schütteln und schnickte sie weg. Daraufhin flog sie auf den Rand des Cocktailglases, schaute Stefan an und sprach: wir wünschen euch viel Erfolg. Sagte es und summte davon.

Das war ein letzter Gruß vom Eiermann. Wir waren nun alle so ziemlich geplättet, aber auch irgendwie erleichtert, dass von Seiten der Außerirdischen keine Probleme mehr zu erwarten waren.

Kapitän Hansen sagte nun: bevor wir weiterfahren starten wir erst noch eine Drohne, um zu erkunden was uns erwartet. Michael warf die Drohne an und ließ sie über die Insel fliegen und wer wollte schaute sich die Bilder auf den Monitoren bei der Rezeption an. Dies dauerte natürlich seine Zeit und so verging der Tag auf See. Gottseidank war nichts außergewöhnliches zu vermelden, und so genossen wir die Zeit bis zu einem tollen Sonnenuntergang, den wir vor Tahiti erleben durften.

Bevor aber die Sonne unterging meldete sich noch einmal der zweite Steuermann und sprach über Bordlautsprecher: ich spiele für euch jetzt zu letzten Male „ La Brise“. Schließt die Augen und versucht euch auf eure neue Heimat einzustimmen. Denkt an Tahiti, denkt positiv.

Das tat ich dann auch und sah den Iphisvogel, den ich schon immer mal sehen wollte, vor meinem inneren Auge vorbeiziehen.

P.S.

Der zweite Teil des Romans ist schon in Planung.
Man munkelt, dass Sergej einen Einrad-Trail auf Tahiti bauen will.

Wer aber noch auf welcher Insel landet, was der Iphisvogel so macht und wie es überhaupt so weitergeht und was die Außerirdischen so treiben, weiß noch kein Mensch……

Fragen über Fragen. Na, mal sehn was so kommt!

Herstellung und Verlag:
BoD - Books on Demand, Norderstedt

ISBN 978-3-7386-0523-5